악
령

I

일러두기

- 이 책은 Fyodor Dostoevskii, trans. Constance Garnett, 『*The Possessed*』(Project Gutenberg, 2017)와 traduit par Boris de Schloezer, 『*Les Démons*』(Bibliothèque de la Pléiade, Gallimard, Paris, 1955)를 참고했습니다.

악령 I

표도르 도스토예프스키 지음

살림

표도르 도스토예프스키

도스토예프스키의 생전에 촬영된 사진. 촬영 일자 미상.

1873년에 출간된 『악령』 초판본

『악령』은 1871~1872년에 「러시아 통보」에 연재되었고, 이듬해 단행본으로 출간되었다.

세르게이 네차예프

1869년, 러시아에서는 충격적인 사건이 벌어졌다. 급진주의자 세르게이 네차예프가 그와 견해를 달리했다는 이유로 옛 동료를 살해한 것이다. 도스토예프스키는 이 사건을 당대의 중요한 문제로 받아들이고, 급진주의에 반대하는 정치 팸플릿을 집필하게 된다. 이것은 훗날 『악령』의 토대가 되었다.

악령 I 차례

나를 때려죽인다 해도 아무 흔적도 남지 않는군.

그래, 우리는 길을 잃었어, 이제 어찌해야 하지?

악령이 우리를 들판으로 내몰아서

우리를 사방으로 헤매게 하고 있어.

......

그들의 수는 얼마지? 그들을 어디로 내몰지?

왜 저리 음산하게 노래하는 거지?

도깨비를 매장하고 있는 걸까,

아니면 마녀를 시집보내는 걸까?

_푸시킨의 「악령」 중

그때 그 산에 놓아기르는 돼지 떼가 있었는데, 마귀(악령)들이 그곳에 들어가게 해달라고 예수께 간청했다. 예수께서 허락하시자 악령들은 그 사람에게서 나와 돼지들 속으로 들어갔다. 그러자 돼지 떼는 비탈길을 달려 내려가 모두 호수에 빠져 죽고 말았다. 돼지치기들이 그 일을 보고 놀라 도망쳐서, 읍내와 시골 사람들에게 그 일을 알려주었다. 사람들은 무슨 일이 일어났는지 궁금해서 그곳으로 갔다. 예수께 가까이 가자 악령에 들렸던 사람이 옷을 입은 채 멀쩡한 정신으로 예수 곁에 앉아 있는 것을 보고 그들은 와락 겁이 났다. 이 모든 것을 처음부터 지켜본 사람들은 어떻게 그 사람이 악령에서 풀려나게 되었는지 이야기해주었다.

_「루가복음」8장 32~36절

제 1 부

제1장 서론을 대신하여
높은 존경을 받고 있는 스테판 트로피모비치 베르호벤스키의
전기 중 몇 가지 상세한 것들

1

나는 최근에 우리 도시에서 일어난 이상한 사건에 대해 이야기하려 한다. 그러자면 시간을 좀 더 거슬러 올라가, 두루 높은 존경을 받고 있는 스테판 트로피모비치 베르호벤스키라는 뛰어난 인물의 전기에 대해 몇 가지 밝혀두어야만 한다. 그 세부 사항들이 내가 지금 하려는 긴 이야기의 서론 역할을 대신하게 될 것이다.

단도직입적으로 말하자. 스테판 트로피모비치 씨는 언제나 우리들 사이에서 특별한 역할, 즉 진보적인 애국자 역할을 담당해왔다. 그는 그 역할을 열정적으로 사랑했기에, 그 역할을

그만두느니 차라리 죽는 게 낫다고 생각할 정도였을 거라고 나는 생각한다. 하지만 그가 그런 역할을 맡게 된 것은 신념보다는 습관의 문제, 혹은 어릴 때부터 '시민으로서의 역할'에 대한 꿈에 잠기곤 했던 그의 개인적 성향의 문제라고 하는 것이 옳을 것이다.

예컨대 그는 '박해받는 자' 혹은 '유배된 자'로서의 자신의 처지를 극히 흡족하게 여겼다. 그 짧은 두 마디 속에 포함된 고전적 광휘가 그를 단번에 사로잡았던 것이다. 이후 세월이 흐르는 동안 그 광휘가 그의 내부에서 무럭무럭 자라나서 그에게 일종의 허영심을 심어주는 데까지 이르렀던 것이다.

나는 나중에는 모든 사람들이 그를 잊었다고 생각한다. 하지만 그가 전혀 알려지지 않은 인물이라고 말하는 것은 옳지 못하다. 아주 짧은 시기이긴 하지만 한동안 그는 기라성 같은 저명인사들의 반열에 속해 있었고 그들과 나란히 이름이 언급되곤 했었다. 하지만 그것은 마치 회오리바람처럼 일순간의 일이었다.

나는 그가 끊임없이 당국의 감시를 받고 있다는 그의 말, 혹은 그의 공상을 처음에는 사실로 믿고 있었다. 하지만 그건 오로지 그가 키워온 공상일 뿐이었다. 그는 이 지방으로 유배되어 온 것이라고 말하곤 했으며 스스로도 그렇게 믿고 있는 것 같았다. 자기 내부에서 키워온 공상의 힘이란 그 얼마나 대단한 것인가! 하지만 그는 경찰로부터 감시를 받고 있는 인물이 아니었다. 최근에 그 사실을 알고 나는 깜짝 놀랐다. 그럼에도 불구하고 어쨌든 그는 현명한 사람이었고 두루 재능을 갖추고 있는 사람이었다.

외국에서 돌아온 뒤 그는 1850년경 대학 강단에서 강의를 했다. 강의래야 고작 몇 개를 맡았을 뿐이지만, 슬라브주의자들을 공격하는 짧은 논문이 문제가 되어 그 자리도 금세 잃고 말았다. 그리고 어느 진보적인 잡지에 잃어버린 러시아 귀족주의에 관한 연구 논문의 전편(前篇)을 실었는데, 후속편은 게재가 금지되었고, 이미 발표한 논문 때문에 어느 정도 수난을 겪었다는 후문도 나돌았다. 당시로서야 무슨 일인들 불가능했을까 싶지만, 실은 그가 게을러서 후속편이 나오지 못했다고 보는 편이 옳을 것이다.

이왕 이렇게 된 김에 더 솔직히 말하기로 하자. 실은 그가 대학 강사 자리를 잃은 것도 그의 불온한 사상 때문이 아니었다고 나는 확신한다. 그가 적당히 해명만 했다면 얼마든지 강의를 계속할 수 있었음이 틀림없다. 그가 강사 자리를 그만둔 것은 다른 이유 때문이었던 것이다.

　나는 그가 순교자라는 사실을 완전히 부정하는 것은 아니다. 하지만 그가 대학 강의를 그만두게 된 것은 스타브로긴 장군의 부인인 바르바라 페트로브나 스타브로기나의 두 번에 걸친 달콤한 제안 때문이었다. 우리 마을 최고의 지주이자 대단한 부자인 그녀가 그에게 자신의 단 하나뿐인 아들의 교육과 지적인 발달을 전적으로 맡아달라는 부탁을 해온 것이다. 엄청난 보수가 뒤따랐음은 두말할 필요가 없다. 그 제안이 처음 들어온 것은 그가 아직 베를린에 있었을 때였으며 그가 막 홀아비가 되었을 때였다.

　그의 첫 부인은 우리 지방 출신의, 예쁘긴 하지만 경박한 여자였다. 그는 아직 분별없던 젊은 시절에 그녀와 결혼했는데, 그녀는 다섯 살 난 아들을 그에게 남겨준 채 파리에서 세상을 떠났다. 그는 아들을 러시아로 보냈으며 아들은 어딘가 외진 곳에서 먼 친척뻘 되는 아줌마들 품에서 자랐다.

　당시 바르바라의 제안을 받은 스테판은 그 제안을 일언지하에 거절했다. 말수가 적은 베를린 태생의 어느 독일 여자와 재혼한 것 때문이었다. 게다가 그에게는 아직 강단에 서겠다는 꿈이 있었다. 그런데 그 두 번째 부인이 결혼 1년 만에 세상을 떴고 다시 바르바라의 제안이 들어왔으며 단번에 모든 것이 결정되어버렸다.

스테판과 바르바라의 관계를 어떻게 규정할 수 있을까? 적절한 말이 생각나지 않지만 스테판의 말대로 그는 그녀가 벌린 우정의 품속으로 뛰어든 셈이었다. 하지만 내가 그런 표현을 썼다고 해서 엉뚱한 상상은 하지 말기 바란다. 이 주목할 만한 두 사람은 이후 20년간 관계를 지속해오면서 아주 미묘하고 섬세한 끈으로 맺어져 있었으니 말이다.

스테판이 가정교사 자리를 받아들인 데는 또 다른 이유가 있었다. 그의 첫 부인이 남긴 작은 영지, 진짜로 보잘것없는 작은 영지가 스타브로긴가(家)의 영지 스크보레쉬니키와 아주 가까운 곳에 있었던 것이다. 그리고 그에게는 대학의 온갖 잡무에 시달리지 않고 조용한 연구실에서 심오한 연구를 계속할 수 있으리라는 꿈도 있었다. 결과적으로 연구는 전무했지만 그는 그의 말 그대로 '비판의 화신'으로서 조국 앞에 서 있을 수는 있었다.

지나는 김에 두 사람의 관계에 대해서 조금 더 이야기해야겠다. 세 살 터울인 둘은 한마디로 이상한 애정으로 맺어진 관계였다(스테판이 세 살 많았다). 그렇게 서로 잡아먹을 것 같은 사이이면서도 한평생 헤어지지 못하고 살았으니 말이다. 게다가 둘 중 한 명이 먼저 관계를 끊기라도 한다면 정작 관계를 끊은 사람 자신이 먼저 병이 들어 죽어버릴 지경이었다.

나는, 스테판이 바르바라와 내밀한 이야기를 나누다가 소파에서 벌떡 일어나 벽을 쾅쾅 친 일도 한두 번이 아니었음을 잘 알고 있다. 어느 날 스테판이 내게 그 사실을 말해준 것이다. 사실 바르바라도 아주 종종 그를 증오한다고 말하곤 했다. 하지만 그가 끝끝내 눈치채지 못한 사실이 한 가지 있다. 그것은 그녀가 그를 바라보는 눈길이 마치 자신의 아들 혹은 피조물을 바라보는 것 같았다는 사실이다. 심지어 그녀에게 그는 일종의 노획물이었다. 그는 그녀의 살점의 일부분이었으니, 그녀가 그를 먹여 살리는 것은 오로지 그의 재주가 탐이 나기 때문만은 아니었다. 만일 누군가 그녀에게 그런 식으로 말을 한다면 그녀는 그 얼마나 상처를 입을 것인가! 그녀가 그를 향해 끊임없이 느끼는 증오, 질투, 경멸 속에는 진한 사랑이 함께하고 있었던 것이다.

그녀는 22년 동안 그에게 티끌이라도 묻을까 노심초사 그를 돌보아왔다. 그리고 그의 시인으로서의, 학자로서의, 시민 활동가로서의 명성에 흠이라도 가는 일이 있을까봐 잠을 이루지 못했다. 말하자면 그는 그녀의 고안물이었고, 그녀는 그 누구보다 자신의 고안물을 신뢰했다. 그는 그녀에게 마치 꿈과 같은 존재였다. 아 참, 한 가지 잊은 게 있다. 그녀는 지금 미망인이라는 사실이다. 그녀의 남편인 스타브로긴 장군은 1855년 봄, 임지인 크림으로 달려가던 도중 위경련으로 운명을 달리했다. 하지만 그녀는 크게 슬퍼하지 않았다. 성격 차이 때문에 지난 4년간 남편과 별거 중이었던 것이다. 하지만 아무리 그렇다고 해도 전혀 예기치 못하던 일이었기에 그녀는 심한 충격을 받았다. 당연히 스테판이 그녀 곁에 꼭 붙어서 위로해주었다.

말이 나온 김에 바르바라가 스테판을 위해 어떻게 마음을 쓰고 있었는지 보여줄 수 있는 일화를 몇 개 더 소개하기로 하자.

우선, 스테판은 평생 바르바라가 지어준 옷을 입고 다녔다. 아주 우아하고 독특한 옷으로서 남의 눈길을 끌 만한 옷이었다. 그는 거의 목에까지 단추가 달려 있는 프록코트를 입고, 넓은 챙이 달린 모자, 엷은 마직으로 된 하얀 넥타이를 하고 다녔으며 손에는 은색 손잡이가 달린 지팡이를 들고 있었다. 수염은 기르지 않았으며 짙은 갈색의 머리칼에는 요즘 들어 새치가 보이기 시작했다. 젊었을 때 그는 대단한 미남이었다고들 한다. 늙은이가 된 지금도 키가 크고 호리호리한 그의 모습은 내가 보기에 대단히 인상적인 데가 있다. 하긴 쉰세 살 먹은 남자를 어찌 늙은이라 부를 수 있겠는가? 하지만 일종의 시민적인 멋을 부린다고 할까, 그는 젊어 보이기보다는 원로처럼 보이고 싶어 했던 것이 사실이다.

초창기에, 더 정확히 말하자면 그가 바르바라의 집에서 보낸 시절의 전반부에 스테판은 여전히 그 무언가 저작물을 쓰려고 했다. 하지만 우리는 그가 "쓸 준비는 다 됐어. 자료도 다 모았고……. 그런데 도통 쓸 수가 없어! 시작할 수조차 없단 말이야"라고 말하는 것을 자주 듣게 되었다. 그 말을 하면서 그는 고개를 떨어뜨렸다. 그가 그런 절망적인 고백을 하는 모습에서 우리는 박해받는 순교자의 모습을 떠올렸고 그를 더욱 존경하게 되었다.

1860년경 바르바라는 스테판에게 어울리는 활동무대를 마련해주고 싶어 그를 페테르부르크로 데리고 갔다. 그녀는 잡지를 창간하며 전 생애를 잡지에 헌신하겠다고 선언했다. 그리고 그녀가 그전에 맺고 있던 상류사회와의 연줄을 다시 잡으려고 했다.

그들은 겨우내 페테르부르크에 머물렀지만 그녀가 바라던 바는 조금도 이루지 못했다. 그가 전에 알고 지내던 상류사회 인사들은 스테판을 받아들이지 않았고 인정하지도 않았다. 젊은 친구들도 마찬가지였다. 그녀는 스테판의 재능을 보여주기 위해 공개적인 문학 모임을 주최했다. 오, 하지만, 1860년대의 자유주의에는 발붙일 곳이 없었다. 스테판이 연단에 서서 강연을 하자 젊은이들의 야유만 잔뜩 받았을 뿐이었다. 어찌나 야유가 휘몰아쳤는지 그는 연단에서 내려오지도 못하고 그 자리에서 그만 엉엉 울고 말았다. 그들이 이제 페테르부르크에서 할 수 있는 일은 아무것도 없었다. 장군 부인과 친구는 스크보레쉬니키로 돌아왔다.

페테르부르크에서 돌아온 바르바라는 스테판에게 '휴식'이 필요하다고 생각해, 그를 베를린으로 보냈다. 스테판은 기쁨에 들떠 출발했다. "나는 거기서 부활할 거야! 다시 학문에 정진하는 거야!"라고 그는 외쳤다. 스크보레쉬니키에서 바르바라와 함께 있을 때도 걸핏하면 그녀에게 편지를 보내곤 하던 그였으니 그가 그곳에서 연달아 편지를 보낸 것은 당연했다. 하지만 첫 편지부터 실망스럽기 짝이 없었다. 이전의 닳고 닳은 문장들의 반복이었던 것이다.

'내 마음은 산산조각 나고…….' '아무것도 잊을 수가 없소. 이곳 베를린에서는 모든 것이 나의 과거를, 과거의 환희와 고뇌를 되살아나게 한다오. 아아, 그 여인들은 지금 어디 있단 말인가! 그 두 여인은! 나의 그 천사들은! 또, 내 아들은 어디에 있단 말인가! 오, 강철처럼 강했던 나는 어디 있단 말인가!'라는 식이었다.

스테판은 아들 표트르 스테파노비치를 평생에 딱 두 번 보았다. 첫 번째는 물론 아들이 태어났을 때이고 두 번째는 최근 그 젊은이가 페테르부르크의 대학에 막 들어가려 할 때였다. 그의 아들은 스크보레쉬니키에서 700킬로미터 정도 떨어진 시골에서 숙모뻘 되는 여자들 손에 자랐다. 물론 그 양육비는 바르바라가 대주었다.

어쨌든 스테판의 외국에서 보낸 '휴식'은 넉 달 만에 끝났고 그는 스크보레쉬니키로 돌아왔다.

2

그런 일들이 있은 후 일종의 소강상태가 찾아왔고, 그 상태는 9년간이나 계속되었다. 그러면서 차츰차츰 스테판을 중심으로 소규모의 친구 모임이 형성되었다. 바르바라는 그 모임에 거의 관여하지 않았지만 우리들은 모두 그녀를 우리 모임의 후원자로 인정하고 있었다.

바르바라는 페테르부르크에서 교훈을 얻은 이후 아예 우리 지방에 눌러앉았다. 그녀는 겨울에는 도시에 있는 집에서 지냈고 여름이면 근교의 영지에서 지냈다. 당시 우리 현(縣)의 지사는 그녀와 가까운 친척인 데다 언젠가 그녀의 보살핌을 받은 적도 있었기에, 그렇지 않아도 우리 지방에서 영향력이 대단했던 그녀는 마치 물 만난 물고기 같았다. 지사의 부인은 오로지 어떻게 하면 바르바라의 비위를 맞출 수 있을까만 궁리하며 지냈다고 해도 과장이 아니었다. 스테판도 이런 유리한 상황의 간접 수혜자가 되었다.

비록 그는 클럽에서 돈을 자주 잃었고 그저 '학자' 정도로 여겨질 뿐이었지만, 모든 사람의 존중을 받을 수 있었다. 후에 바르바라가 스테판에게 독립된 집을 마련해주자 우리는 더욱 자유로워졌다. 우리는 그의 집에 일주일에 두 번 정도 모였으며 매번 너무 즐거웠다. 게다가 그가 샴페인이라도 내놓으면 더욱 신이 났다. 술은 안드레예프의 상점에서 가져왔고, 바르바라가 반년마다 외상값을 갚았다. 그날은 스테판이 마치 콜레라에 걸린 듯 발작을 일으키는 날이었다.

이제 우리 클럽에 드나들던 사람들을 소개하기로 하자.

우리의 작은 모임에서 가장 고참은 리푸틴이라는 지방 관리였다. 그는 도시에서 무신론자로 통하는 대단한 자유주의자였다. 인색한 데다 약간 사기꾼 기질이 있는 그를 사람들은 좋아하지 않았다. 하지만 우리 클럽 사람들은 그의 날카로운 정신, 학문에 대한 사랑, 약간 심술궂어 보이는 그의 명랑함을 좋아했다. 바르바라는 결코 그를 좋아하지 않았지만 그는 언제고 바르바라의 비위를 맞출 줄 알았다.

바르바라가 좋아하지 않는 인물이 또 한 명 있었다. 작년에 클럽 회원이 된 샤토프라는 청년이었다. 샤토프는 대학생이었지만 시위 사건 때문에 대학에서 제적되었다. 어린 시절 스테판의 제자였던 그는 태어날 때는 바르바라의 농노 신분이었다. 종복의 아들로 태어난 그를 바르바라가 정성껏 보살펴주었던 것이다. 그녀가 그를 싫어하는 것은 그의 오만함과 배은망덕 때문이었다. 그녀는 대학에서 쫓겨난 뒤 곧장 자신에게 찾아오지 않은 그를 용서할 수 없었다. 그녀는 그에게 편지를 보냈다. 하지만 답장이 없었다. 그는 바르바라에게 답장을 하는 대신 어느 개화한 상인 집의 가정교사 자리 제안을 받아들인 후 그 가족과 함께 외국으로 가버렸다.

그 상인은 외국으로 출발하기 전에 가정교사를 한 명 더 들였다. 생기발랄한 러시아 아가씨였다. 상인은 그녀의 사상이 너무 자유분방하다며 두 달 만에 내쫓았다. 샤토프는 그녀를 따라가서 제네바에서 결혼식을 올렸다. 하지만 결혼 생활은 세 달을 가지 못했다. 그들이 자유분방했기 때문이기도 했지만 그보다는 생활고가 더 큰 이유였다. 결국 그는 1년쯤 전에 자신의 고향인 우리 고장으로 돌아왔다. 그의 여동생 다리야(다샤)는 바르바라의 보살핌 속에 거의 귀족적인 생활을 누리고 있었다.

그는 신념이 강했다. 과묵한 편이었지만 누가 그의 신념을 건드리기라도 하면 화를 내며 말을 함부로 막 내뱉었다. 스테판은 "샤토프와 논쟁이라도 벌이려면 그를 묶어놓고 시작해야 해"라고 가끔 농담을 하기는 했지만 어쨌든 그는 샤토프를 좋아했다.

외국에 가 있는 동안 샤토프가 지니고 있던 이전의 사회주의

적 신념들은 여러 가지 점에서 근본적인 변화를 겪었으며 그는 단번에 정반대되는 극단으로 치달았다. 그는 어떤 사상의 충격을 받으면 그에 저항할 힘을 단번에 잃고 마는 전형적인 러시아인 중 하나였다. 그들에게는 충격으로 다가온 그 사상을 물리칠 힘이 전혀 없고, 그 사상을 열정적으로 신봉하게 되어 그들의 남은 생애를 마치 무거운 돌에 짓눌려 허덕이듯 살아가게 된다.

샤토프는 키가 작았고 몸놀림이 둔했으며 이마는 언제나 잔뜩 찌푸리고 있었다. 그는 스물일곱인가, 아니면 스물여덟 살이었다. 그는 자존심이 강했는지 가난하면서도 옷은 늘 깨끗하게 입고 다녔고, 저 혼자 힘으로 살아가려고 애를 쓰고 있었다. 하지만 바르바라가 내미는 금전적 도움의 손길을 그가 뿌리치지 못한다는 것을 아는 사람은 다 안다. 그는 도시 끝에서 고립된 채 살고 있었고 그 누구의 방문도 반기지 않았다. 하지만 그는 스테판의 저녁 파티에는 자주 나타나서 신문과 책 들을 빌려가곤 했다.

모임에는 이곳 관리인 비르긴스키라는 젊은이도 출입했다. 서른 살 된 기혼남으로서 숙모와 처제를 부양하고 있는, 보기 드물게 청렴하고 성실한 영혼을 지닌 사람이었다. 그는 언제나 내게 눈을 반짝이며 "나는 결코 희망을 버리지 않을 겁니다"라고 말하곤 했다. 그는 상당히 키가 컸지만 어깨는 빈약하고 좁았으며 머리숱도 적었다.

그 외에 얼마 전에 이 마을에 들어온 레뱌드킨이라는 인물에 대해서도 언급해야겠다. 그는 자신이 퇴역한 이등 대위라고 했지만 실은 이도 저도 아닌 그저 의심스러운 인물일 뿐이었다. 그가 할 수 있는 일이라고는 오로지 수염을 배배 꼬는 일, 술을 마시는 일, 그저 머리에 떠오르는 대로 헛소리를 지껄이는 일뿐이었다. 레뱌드킨은 비르긴스키의 집에서 지내고 있었다. 그가 비르긴스키의 부인과 염문이 나서 그와 비르긴스키 사이에 무슨 소동이 있기도 했지만 그 일은 그냥 넘어가기로 하자.

한때, 우리들의 모임이 자유사상, 방탕 그리고 무신론의 온상이라는 소문이 나기도 했는데, 사실은 그저 지극히 러시아적인 명랑한 수다만이 있었다고 보는 것이 옳다. 물론 이야기 주제가 거창한 적도 많았다. '러시아의 정신' '러시아의 신'에 대한 사상을 주고받았으며, 농노해방 기념일인 위대한 2월 19일에는 '농노제'에 대해 한껏 심각해 보이는 이야기를 나누기도 했고 '러시아 농군'에 대해 토론을 벌이기도 했다. 이어서 화제는 '러시아의 민족성'에서 '기독교 정신'으로, 이어서 '러시아와

민중에 대한 진정한 사랑'으로 정신없이 이어지기도 했다. 하지만 주된 이야깃거리는 역시 하도 수없이 되풀이해서 모든 사람들이 다 알고 있는, 이곳 러시아에서 벌어진 온갖 스캔들이었다. 그리고 마무리는 언제나 과거의 인물을 기리는 뜻에서 건배를 하자고 외치는 스테판의 몫이었다.

제2장 해리 왕자, 중매

1

이 지상에 바르바라가 스테판 못지않게 애지중지하는 인물이 한 명 더 있었다. 바로 그녀의 외아들인 니콜라이 프세볼로도비치 스타브로긴이었다. 8년 전에 그녀가 스테판에게 교육을 맡긴 아들이 바로 니콜라이였다. 당시에 니콜라이는 여덟 살이었다.

니콜라이의 교육에 관한 한 우리는 스테판의 능력을 인정해 주어야만 한다. 그는 제자로부터 듬뿍 사랑을 받을 줄 알았던 것이다. 사실 그 모든 비결은 바로 그 자신이 어린아이와 다름없었다는 데 있었다.

그 당시 나는 아직 스테판과 알고 지내는 사이가 아니었지만, 스테판은 속내 이야기를 털어놓을 수 있는 친구가 언제나 필요한 사람이었다. 그는 아이가 열한 살에 이르자 그 역할을 그 아이에게 부여했다. 나이 차이나 스승과 제자라는 처지와는 아무 상관 없이 둘 사이에는 손톱만큼의 거리감도 없게 되었다. 친구로 삼으려고 일부러 그런 것은 절대로 아니었지만 스테판은 아이 앞에서 눈물을 줄줄 흘리기도 했고, 그래서는 안 된다는 생각조차 않은 채 무슨 집안의 비밀 같은 것을 털어놓기 위해 한밤중에 아이를 깨우기도 했다. 그러면 둘은 서로 껴안고 눈물을 흘렸다.

어릴 때부터 아들은 어머니가 자신을 무척 사랑한다는 것을 알고 있었다. 그렇다면 아들은 그 사랑에 대해 제대로 반응을 보였는가? 내가 보기에는 그렇지 않다. 어머니는 아들에게 별로 말이 없었고 뭔가를 강요하지도 않았다. 하지만 아들은 늘 자신을 좇는 어머니의 시선을 거의 병적으로 의식하고 있었다.

당시 바르바라는 아들의 학업과 정신 발달에 관한 모든 교육을 전적으로 스테판에게 일임하고 있었다. 당시만 해도 그녀는 아직 스테판을 환상을 통해 보고 있었으니 당연한 일이었다. 내가 보기에 그 스승은 제자의 신경 체계를 어느 정도 망가뜨렸다. 열여섯 살이 되어 고등학교에 갈 때쯤 니콜라이는 병약하고 창백한 소년이었으며 이상할 정도로 조용했고 꿈에 빠져 있는 듯했다(하지만 나중에 그는 굉장한 완력을 자랑하는 사람이 되었다). 어쨌거나 뒤늦게나마 둘 사이를 떼어놓은 것은 그나마 잘한 일이었다.

학교를 마친 후 그는 모친의 바람대로 군복무를 시작했다. 그리고 아주 훌륭한 어느 기병 근위대에 배속되었다. 어머니는 자신의 소원이 이루어진 것을 무척 기뻐했다.

그런데 곧 이상한 소문이 들려오기 시작했다. 아들이 더없이 방탕한 생활을 하기 시작했다는 것이다. 나중에 절반 정도 사실로 드러난 소문에 의하면 그는 폭력, 여성과의 추문 등 지저분하기 짝이 없는 짓들을 마구 일으켰다. 걱정에 사로잡혀 안절부절못하는 바르바라에게 스테판은 이 모두가 한바탕 지나가는 폭풍에 불과하며, 마치 셰익스피어의 『헨리 4세』에 나오는 해리 왕자의 젊은 시절과 같다고 위로했다.

그런데 더 결정적인 소식이 전해져왔다. 그 해리 왕자가 거의 일시에 두 번의 결투를 벌였고 그중 한 명을 죽였다는 것이었다. 그가 사병으로 강등되어 어느 보병 부대로 좌천되는 것으로 사건은 일단락되었다. 그런데 니콜라이는 1863년 전투에서 어쩌다 발군의 공을 세워 하사관으로 임명되었고, 얼마 후 다시 장교가 되었다. 그동안 바르바라가 간청과 청원이 담긴 편지를 아마 100통도 넘게 각계 요로에 보냈을 것이다.

그런데 니콜라이는 장교가 되자마자 갑자기 전역해버렸고, 고향으로 돌아오기는커녕 그나마 간간이 보내던 서신마저 보내지 않았다. 그가 페테르부르크에서 지내고 있다는 것은 이 경로, 저 경로를 통해 겨우겨우 알아낼 수 있었다. 그러나 그 생활이라는 게 도통 말이 아니었다. 그는 일군의 인간쓰레기 같은 작자들, 즉 신발도 없는 퇴역 관리, 퇴역 군인, 부랑자, 술주 정뱅이 들과 지내고 있다는 것이었다. 게다가 그 자신도 누더기를 걸친 채 뒷골목을 어슬렁거리며 지낸다는 소식이었다. 결국 어머니는 그에게 제발 돌아와달라고 간청하기에 이르렀고, 드디어 해리 왕자가 우리의 도시에 나타난 것이다. 나는 그때 그를 처음 보았다.

그는 스물다섯 살의 아주 잘생긴 청년이었으며 내가 기대했던 모습과는 영 딴판이었음을 고백해야겠다. 나는 온갖 방탕과 술에 전, 너덜너덜한 옷을 입은 부랑아 모습을 예상하고 있었다. 하지만 정반대였다. 그는 내가 가끔 볼 수 있는 신사들 중에서도 가장 우아한 신사였다. 옷차림뿐 아니라 몸가짐과 행동거지 모두 그러했다.

나만 놀란 게 아니었다. 그에 대해 모든 것을 다 잘 알고 있다고 믿고 있던 도시 전체가 놀랐다고 하는 편이 옳다. 우리는 그가 사리분별이 뛰어난 사람이라는 것을 인정하지 않을 수 없었다. 그는 그다지 말이 많지도 않았고 놀라울 정도로 겸손하면서도 자신감에 차 있었다. 생김새도 마찬가지였다. 머리칼은 흑단 같았고 고요한 두 눈은 맑게 빛나고 있었으며 발그레한 볼은 밝고 깨끗했고, 치아는 진주알 같았으며 입술은 산호 같았다. 마치 아름다운 한 폭의 초상화를 보는 것 같았지만 어딘지 모르게 혐오감을 불러일으키는 구석이 있었음도 사실이다.

바르바라는 그런 아들이 대견하고 자랑스러웠지만, 뭔가 불안한 눈으로 아들을 지켜보았다. 그리고 그가 돌아온 지 채 6개월도 되지 않아 그녀의 염려는 현실이 되었다. 갑자기 야수가 발톱을 드러낸 것이다.

우리의 해리 왕자는 정말로 아무 이유도 없이, 그야말로 뜬금없이, 도저히 있을 수 없는 두세 가지 뻔뻔스러운 짓을 여러 사람들에게 저질렀다. 유례가 없는 짓이었으며 그 어떤 동기도 찾을 수 없는 짓이었고, 젊은이들에게 흔히 허용될 수 있는 장난의 도를 뛰어넘는 짓이었다.

우리 클럽에서 가장 존경받는 어르신 중에 파벨 파블로비치 가가노프라는 중년분이 있었다. 전직 공무원인 그는 말끝마다 약간 흥분한 어조로 "그렇다고 내 코를 잡고 끌고 다닐 수는 없을걸"이라고 말하는 순진한 습관이 있었다. 아무런 악의도 없는 그냥 습관적인 말일 뿐이었다.

그러던 어느 날이었다. 클럽에 그런대로 꽤 중요한 인물들이 모여 토론을 하던 도중 파벨 씨가 또 그 습관적인 말을 입 밖에 냈다. 그런데 그때까지 아무 말도 없이 구석에 앉아 있던 니콜라이가 갑자기 자리에서 벌떡 일어나 파벨 씨에게 다가가더니 그의 코를 잡고 홀 안을 두세 걸음 질질 끌고 다녔다. 니콜라이가 그에게 유감을 품을 이유는 하등 없었다. 순전히 어린애 같은 장난, 하지만 도저히 용서하기 어려운 짓이라고 여길 수도 있었다. 그런데 그 광경을 목격한 사람들은 당시 그 짓을 저지를 때 니콜라이가 '마치 정신이 나간 듯' 뭔가 꿈꾸는 것 같은 표정을 짓고 있었다고, 훗날 이야기하곤 했다.

어쨌든 엄청난 소동이 일어났다. 모두들 니콜라이를 둘러쌌다. 니콜라이는 소리를 지르고 있는 주위 사람들을 조심스레 살펴보더니 이윽고 얼굴을 찌푸린 채 파벨 씨 앞으로 씩씩하게 걸어갔다. 그러고는 중얼거리듯 파벨 씨에게 말했다.

"물론 용서해주시겠지요⋯⋯. 정말이지, 왜 갑자기 그런 생각이 들었는지⋯⋯. 무슨 바보 같은 짓을⋯⋯."

이런 식의 무례한 사과는 다시 한번 그를 모욕하는 것과 다름없었다. 사람들의 야유는 더욱 거세졌다. 니콜라이는 어깨를 한번 으쓱하더니 밖으로 나가버렸다.

우리 모두는 그 뻔뻔스럽고 추악한 짓을 우리 모임, 더 나아가 사교계 전체를 향해 그가 의도적으로 계획하고 저지른 짓으로 여겼다. 우리는 만장일치로 그를 우리 클럽에서 제명했고 더 나아가 현 지사 이반 오시포비치에게 그를 고발했다. 하지만 당시 지사는 도시에 있지 않았다. 그는 어느 미망인 아들에게 세례를 주기 위해서 그다지 멀지 않은 곳으로 떠나 있었던 것이다.

그 사건으로 가장 큰 충격을 받은 사람은 물론 그의 어머니 바르바라였다. 그런데 놀라운 것은 훗날 바로 그 어머니가 스테판에게 "6개월 내내 매일매일, 그런 일이 일어나리라 짐작하고 있었다"고 고백했다는 사실이다. 그녀는 온몸에 전율을 느끼면서 '이제 시작이야'라고 생각했다. 그리고 그녀의 예감이 맞았다.

얼마 후 지사 이반 오시포비치가 돌아왔다. 클럽 사람들은 그에게 달려가 사태를 설명하고 청원을 했다. 지사는 무언가 조치를 취해야만 했다. 하지만 대체 무슨 조치를? 우리의 사랑스런 노인네도 적이 당황했다. 그도 이 젊은 친척이 얼마간 두려웠던 것이다. 어쨌든 그는 니콜라이를 불러서 다음과 같은 조치를 취하기로 마음먹었다.

우선 클럽 사람들과 모욕당한 사람 앞에서 공개적으로 사과를 하도록, 필요한 경우에는 서면 형식의 사과문을 제출하도록 한다.

이어서 그에게 잠시 이곳을 떠나 이탈리아나 아니면 유럽 어느 다른 나라에 가서 지식욕을 충족시킬 기회를 가져보라고 부드럽게 설득한다.

지사는 니콜라이를 불렀다. 평소에 니콜라이는 친척의 신분으로 그 집을 마음대로 드나들 수 있었다. 하지만 이번에 지사는 그를 응접실에서 맞았다. 응접실 구석에 있는 탁자 앞에는 품행이 단정한 서기이자 이 집안 가족이나 다름없는 알료사 젤라트니코프가 앉아서 소포에 직인을 찍고 있었다. 그리고 바로 옆방에는 응접실 문과 가장 가까운 창문 앞에 지사의 옛 동료인 건장한 대령이 한 명 앉아 있었다. 그는 지사를 방문하고자 잠시 들른 사람이었다. 등을 돌리고 앉은 채 잡지를 읽던 그는 응접실에서 벌어지는 일에 대해서는 아무런 관심도 쏟고 있지 않았다.

지사는 낮은 목소리로 주저하면서 이야기를 꺼냈다. 그는 약간은 횡설수설하고 있었다. 니콜라이는 전혀 상냥하지 않은 표정으로 그의 이야기를 듣고 있었다. 그는 얼굴이 창백해진 채 눈을 내리깔고 있었다. 마치 고통을 참고 있는 듯 눈썹이 치켜올라가 있었다. 지사는 얼마간 장광설을 늘어놓은 다음에 이렇게 말을 맺었다.

"그래, 니콜라이, 내 말을 언짢게 듣지 말고……. 자, 친척으로서 묻는데…… 도대체 왜 사회 규칙이나 관습에 어긋나는 그런 짓을 한 거지? 꼭 정신 나간 짓 같은 그런 행동이 뭘 뜻하는 거지?"

지사의 말을 듣는 동안 니콜라이는 화가 난 것 같기도 했고 초조한 것 같기도 했다. 언뜻 냉소적인 표정이 그의 얼굴에 떠올랐다.

"좋습니다. 제가 왜 그랬는지 말씀드리지요." 그는 무뚝뚝하게 대답하더니 주위를 둘러본 후 지사의 귀 쪽으로 몸을 기울였다. 이반 오시포비치는 귀를 내밀었다. 호기심이 극도로 발동했던 것이다. 그런데 바로 그때 도저히 불가능한 일, 하지만 다른 한편으로는 너무나 분명한 그 일이 벌어지고 말았다. 무슨 흥미로운 비밀 이야기가 전해지기를 기다리고 있던 바로 그 순간, 노인은 니콜라이가 그의 귀 윗부분을 이빨 사이에 물고 잘근잘근 씹고 있음을 느낀 것이다. 노인은 몸이 부들부들 떨렸고 숨이 멎는 것 같았다.

"니콜라이, 이게 도대체 무슨 짓이야!" 그가 거의 기계적으로 신음을 냈지만 그것은 더 이상 자연스러운 그의 목소리가 아니었다.

응접실에 있던 서기와 대령은 무슨 일이 벌어진 것인지 이해할 겨를도 없었다. 지사와 니콜라이의 모습이 제대로 보이지 않았기에 둘이 뭔가 속삭이고 있다고만 생각했을 뿐이었다. 그런데 지사의 절망적인 얼굴을 보자 그들은 그만 당황하고 말았다. 그들은 두 눈을 멀뚱히 뜨고 서로 쳐다보고만 있을 뿐 지사를 구하러 가야 할지 아니면 좀 더 기다려야 할지 모르는 채 우물쭈물하고 있었다. 니콜라이는 그들이 주저한다는 것을 눈치채고 노인의 귀를 더 아프게 깨물었다.

"니콜라이! 이보게 니콜라이! 이 무슨 장난을……"

그 짓이 좀 더 지속되었다면 노인은 겁에 질려 죽어버렸을

지도 모른다. 하지만 불한당은 희생자에게 자비를 베풀어 귀를 놓아주었다. 그가 귀를 물고 있는 동안 노인은 거의 실신할 지경이었으며 귀가 이빨에서 놓여나자마자 일종의 경련을 일으켰다.

반 시간이 지난 뒤 니콜라이는 체포되었고, 영창으로 호송되어 독방에 감금되었다. 화가 단단히 난 지사는 부리나케 달려온 바르바라를 아예 집에 들이지도 않고 돌려보냈다.

그런데 모든 것이 다 해명되었다. 수감된 니콜라이는 새벽에 감방에서 소란을 피웠다. 그는 문을 거세게 두드리더니 조그만 창문 격자를 무시무시한 힘으로 뜯어낸 후 유리창을 박살냈다. 그의 손은 피투성이가 되었다. 곧이어 1개 소대의 병력이 달려들어 그를 진정시켰다. 그가 섬망증 발작을 일으킨 것을 알게 된 장교는 그를 곧 모친의 집으로 옮겼다.

곧이어 모든 것이 다 밝혀졌다. 한달음에 달려온 세 명의 의사가 환자는 이미 사흘 전부터 건강이 악화되어 있었다는, 겉보기에는 의도적으로 보이거나 심지어 꾀를 낸 것 같은 행동도 실은 그의 의지나 판단에 의한 것이 아니라는 진단을 내린 것이다. 한마디로 남들이 보기에 멀쩡한 상태에서도 온갖 미친 행동을 할 수 있다는 것이었고, 흥미로운 점은 지사 이반 오시포비치가 그 의견에 전적으로 동의했다는 것이다. 클럽 사람들도 자신들의 안목이 좁고 짧았음을 반성했다. 물론 의심하는 사람들도 있었지만 그들은 얼마 가지 않아 여론의 흐름에 묻혀버렸다.

니콜라이는 두 달을 더 누워 있었다. 모스크바에서 저명한 의사가 왕진을 왔으며 도시 전체가 바르바라를 방문했다고 할 정도였다. 봄이 되자 니콜라이는 건강을 완전히 회복했고, 그는 이탈리아에 가서 잠시 머물다 오라는 어머니의 권유를 받아들였다.

2

우리의 해리 왕자가 3년 이상 해외여행을 했기에 우리 도시에서는 그를 거의 잊고 있었다. 스테판을 통해 알려진 바로는 니콜라이는 이집트와 예루살렘, 아이슬란드를 포함해 유럽 전역을 거의 다 돌아다녔다. 그는 어머니에게 편지조차 보내지 않았다. 그녀가 그의 소식을 들은 것은 올해 4월, 파리에 있는 그녀의 어릴 적 친구인 프라스코비야 이바노브나 드로즈도프 부인에게서 받은 편지를 통해서였다.

8년 동안 만난 적도 서신을 나눈 적도 없던 그녀가 보낸 편지에 의하면, 니콜라이는 파리의 K백작(러시아에서 대단히 영향력 있는 인물이다) 댁에 자기 집처럼 드나들며 거의 그 집에서 지내다시피 한다고 했다. 그리고 자기네 식구들과 얼마간 어울려 지냈으며 특히 그녀의 외동딸 리자(리자베타 니콜라예브나 투시나)와 가까운 사이가 되었다는 것이었다. 그녀는 그들을 곧 스위스의 베르네 몽트뢰로 데려갈 계획이라고 썼다.

편지는 짧았고 그저 몇 가지 사실들만 결론 없이 보여주고 있었지만 바르바라는 그녀의 의도가 빤히 드러나 있다고 생각했다. 바르바라는 길게 생각하지도 않고 곧바로 출발 준비를 했다. 그리고 4월 중순쯤 수양딸 다샤(샤토프의 누이동생)를 데리고 파리로, 이어서 스위스로 떠났다. 그녀는 다샤를 드로즈도프 부인의 집에 남겨둔 채 7월에 혼자 돌아왔다. 그녀의 말에 의하면 드로즈도프 부인이 8월 말에 우리의 도시로 오겠다고 약속했다는 것이었다.

여기서 잠깐 드로즈도프가(家)에 대해 간략하게 소개해야겠다. 그 가문도 실은 우리 현의 지주였다. 하지만 프라스코비야의 남편인 이반 이바노비치 장군의 업무 때문에 이곳에 정착할 수 없었다. 작년에 장군이 작고하자 부인은 슬픔을 달래기 위해 딸과 함께 파리로 갔고, 이어서 아픈 발을 치료하기 위해 스위스로 가서 당시 유행하던 포도 요법을 받을 생각이었다. 그런 후 조국으로 돌아오면 우리 현에 정착할 예정이었다.

드로즈도프가는 부잣집이었고 그녀는 이 도시에 몇 년째 텅비워져 있던 아주 큰 저택을 갖고 있었다. 그녀는 바르바라와 마찬가지로 거상의 딸이어서 막대한 지참금을 지니고 시집을 왔다. 그녀의 첫 남편은 투시네라는 기병대 대위였는데 재력과 능력을 갖춘 사람이었다. 그는 세상을 떠나면서 외동딸 리자에게 상당한 재산을 유산으로 물려주었다. 이제 스물두 살이 된 리자는 줄잡아 20만 루블 정도의 개인 재산을 갖고 있는 셈이었다. 어머니가 두 번째 결혼에서 아이를 낳지 못했으니 어머니가 죽은 후 그녀가 갖게 될 재산에 대해서는 두말할 필요가 없었다.

바르바라는 여행의 결과에 흡족해하며 고향으로 돌아왔다. 그녀는 프라스코비야와 만족스런 타협을 보았다고 생각했다. 그녀는 도착하자마자 서둘러 스테판에게 모든 것을 다 이야기해주었다. 심지어 그에게 속사정을 다 털어놓기까지 했는데, 꽤 오래전부터 좀처럼 없던 일이었다.

"만세!" 그녀가 속마음을 털어놓고 그와 이야기를 나누자 스테판은 손가락을 튕기며 외쳤다. 그는 친구인 그녀가 없는 동안 극도로 의기소침해 있었던 만큼 황홀할 정도로 기뻤다.

사실 스테판은 당시 상당한 액수의 빚이 있었다. 모두 카드놀이에서 진 빚이었다. 그 사실을 알게 된 바르바라는 몹시 화가 나서 그와 작별 인사도 하지 않고 외국으로 떠난 터였다. 그러나 그녀는 외국에 가서 지내다보니 버려두고 온 친구가 안쓰럽게 여겨졌다. 그녀는 돌아가면 적절한 보상을 해줘야 하겠다고, 그동안 그에게 엄격하게 대한 만큼 더욱더 그래야겠다고 느꼈던 것이다.

둘의 대화 주제를 정확히 이해하기 위해 우리는 한 가지 사실을 미리 알아놓아야겠다. 5월에 이반 오시포비치 현 지사의 임기가 끝나고 안드레이 안토노비치 폰 렘브케가 새로운 지사로 부임해온 것이다.

스테판은 유머를 섞어가며 신임 현 지사가 도착할 때의 상황에 대해 바르바라에게 상세히 묘사했다. 하지만 우리로서는 러시아의 행정에 대한 그의 횡설수설을 일일이 옮겨놓을 필요는 없으리라.

"폰 렘브케 씨는 지금 지방 순시 중이에요. 그는 러시아계 독일인이지만 러시아 정교를 믿고 있고…… 마흔 살의 미남이라는 점은 인정해줘야 해요." 스테판의 말이었다.

"무슨 근거로 그가 잘생겼다는 거지요? 눈이 꼭 양같이 생겼던데요."

"맞는 말입니다. 하지만 부인들의 견해로는……."

"아니, 그건 됐고……. 어디 그 사람 이야기나 더 해봐요."

"뭐, 분명히 적당히 버티다가 불쑥 굴러 들어온 부인 덕에 출세한 친구 같은데……. 부인 율리야 미하일로브나는 8월 말쯤에 올 거라는군요. 페테르부르크에서 곧바로……."

"아니, 페테르부르크가 아니라 유럽에서 오는 거예요. 거기서 그녀를 만났어요."

"정말이오?"

"그래요. 파리에서도 만났고 스위스에서도 만났어요. 그녀가 드로즈도프 집안과 친척이거든요."

"뭐요? 친척? 이렇게 아귀가 맞을 수가! 그녀가 야심이 많다고들 하던데……. 대단한 사람들과 연줄도 있다고 하고……."

"어휴, 연줄은 무슨 연줄……. 마흔 살까지 땡전 한 푼 없이 처녀로 있던 주제에……. 이제 폰 렘브케를 손아귀에 넣었으니까 그를 출세시키려는 거예요. 남편보다 다섯 살이나 연상이에요. 아무튼 둘 다 음모꾼이라니까. 파리에 도착했을 때 나를 보고 놀라던 프라스코비야의 꼴이라니! 옆에 율리야가 착 붙어 있었다고요……. 분명 무슨 음모를 꾸미고 있던 게 틀림없어……. 그런데 당신, 리자 기억나요? 프라스코비야의 딸…….”

“아, 그 예쁜 아이!”

“이젠 아이가 아니에요. 다 큰 숙녀지. 성깔이 있는 숙녀……. 그런데 그 애는 엄마에게 고분고분하지 않은 게 마음에 들어요. 니콜라이가 리자와 사이가 좋은 것 같아요. 어쨌든 내가 이러쿵저러쿵 끼어들지는 않았지만 니콜라이도 11월에는 반드시 우리에게 오겠다고 약속했어요. 프라스코비야와도 말을 맞춰놨어요. 참, 카르마지노프가 그 여자와 친척인 건 알아요?”

“누구요? 그 소설가? 그 소설가가 마담 폰 렘브케의 친척이라고요?”

“그래요. 먼 친척. 허파에 바람이 잔뜩 들어서 자신이 위대한 작가라고 착각하고 있는 사람이잖아요. 아마 여기 둘이 함께 와서 무슨 문학 모임인가 뭔가를 꾸밀 모양인가봐요. 그는 한 달 예정으로 이곳으로 와서 이곳 영지를 팔 작정인가봐요. 그런데 스테판, 당신 옷 좀 더 잘 입을 수 없어요? 어쩜 이렇게 날이 갈수록 지저분해지는 건지……. 당신 정말 나를 짜증나게 해요……. 도대체 요즘 무슨 책을 읽고 있어요?”

“그게…… 그러니까…… 나는…….”

“알 만해요. 그저 전처럼 술잔치, 클럽 모임과 카드놀이, 게다가 무신론자의 하찮은 논쟁이나 하며 지내지요? 맙소사! 렘브케인지, 카르마지노프인지 하는 것들이 마구 몰려올 텐데, 그런데 당신은 이렇게 시간이나 축내며 지내고 있다니! 아, 정말 한심해요……. 난 그들이 당신을 존경하길 바라는데……. 당신 손가락 때만도 못한 사람들인데……. 그런데 뭘 하고 있는 거예요? 그들에게 도대체 뭘 보여주겠어요? 귀족의 모범이 되기는커녕 부랑자들 틈에 섞여 놀다니……. 아니, 당신에게 찰싹 붙어 있는 그 리푸틴인가 뭔가 하는 부랑자랑 어울리는 게 가당키나 한 일이에요? 그 사람 지금 어디 있어요?”

“그 친구는 당신을 하염없이 존경하고 있는데……. 어머니의 유산을 받기 위해 S로 떠났어요.”

“샤토프는요? 여전해요?”

“여전히 발끈하는 성미지만 그래도 선량하지요.”

“난 그 샤토프를 참을 수 없어요. 심술궂고 너무 건방져요. 뭐, 자기가 대단한 사람이라도 되는 것처럼.”

“다리야 파블로브나는 잘 지내오?”

"다샤를 말하는 거예요? 아니, 당신에게 갑자기 왜 그 애 생각이 떠오른 거지요? 잘 지내요. 프라스코비야의 집에 두고 왔어요……. 참, 스위스에 있을 때 당신 아들에 대한 이야기를 들었어요. 별로 좋지 않게들 이야기하던데요."

"무슨 말도 안 되는 소리를! 오, 나의 선량한 벗이여! 내가 당신을 기다린 건……. 좀 상의할 일이 있어서……."

"됐어요, 스테판. 피곤해 죽겠어요. 좀 쉬게 해줘요. 이제 좀 자비를 베풀어줄 때가 됐잖아요."

스테판은 자비를 베풀었다. 하지만 물러나면서 그는 마음이 쓰라렸다.

3

8월에 접어들 무렵, 정말로 드로즈도프 부인이 지사 부인보다 조금 앞서 우리 고장으로 돌아왔다. 그녀의 출현은 우리의 사교계에 파문을 불러일으키기에 충분한 것이었다. 하지만 그에 관한 이야기는 나중에 하고 우선은 그녀를 초조하게 기다려온 바르바라와 그녀의 만남에 대해서 이야기를 들려주기로 하겠다.

　드로즈도프 부인은 바르바라에게 복잡한 수수께끼를 하나 안고 돌아왔다. 그녀의 말인즉, 니콜라이가 7월에 그들과 헤어진 뒤 라인에서 K백작을 만나 그들 가족과 함께 페테르부르크로 출발했다는 것이었다(요주의 백작에게는 세 명의 과년한 딸이 있었다). 드로즈도프 부인은 위엄을 잡으며 이야기를 계속했다.

　"리자에게서는 아무것도 알아낼 수 없었어. 워낙 오만한 데다 고집이 세서 아무리 물어도 대답도 안 하는 애야. 하지만 내가 보기에는 리자와 니콜라이 사이에 뭔가 일이 있었던 게 틀림없어. 왜 그렇게 둘이 틀어졌는지 속사정은 나도 몰라. 궁금하면 당신이 다샤에게 직접 물어봐. 내 생각에는 다샤도 그 일과 영 무관하지는 않은 것 같으니까. 당신이 애지중지하는 개를 이렇게 데리고 와서 당신 손에 넘기게 되니 정말 기뻐. 어깨에서 무거운 짐을 내려놓는 기분이야."

　그녀는 가시 돋친 그 말을 한껏 쓰디쓴 어조로 입 밖에 냈다. 틀림없이 미리 철저히 계산하고 준비했을 것이고, 그 효과를 기대했을 것이다. 하지만 바르바라에게는 어림도 없는 일이었다. 그녀는 그 수수께끼 같은 말에 휩싸여 어리둥절하기는커녕 엄한 어조로 정확하게 해명을 요구했다. 그러자 프라스코비야 (드로즈도프 부인)는 즉각 어조를 낮추더니 급기야는 울음을 터뜨리며 진심을 토로하기 시작했다. 하지만 정작 그녀가 털어놓은 것은 딸 리자가 자신과 친하게 지내려 하지 않는다는 하소연뿐이었고, 리자와 니콜라이 사이에 어떤 식의 불화가 있었는지에 대해서는 그녀 자신도 정확하게 파악하지 못하고 있었다.

그녀가 말끝에 덧붙였다.

"그런데, 얼마 후 한 젊은이를 알게 됐어. 아마 당신네 그 '교수님'의 조카쯤 되나봐. 성이 같았어."

"조카가 아니라 아들이야." 바르바라가 수정해주었다. 프라스코비야는 스테판 트로피모비치의 성을 도저히 외우지 못해 언제나 그를 '교수님'이라고 불렀다.

"아들? 그래, 그게 낫겠군. 그렇지만 내겐 아무래도 상관없어. 그냥 평범한 젊은이였어. 활기가 좀 있었고 자유분방했지만 그저 그뿐이었지, 뭐. 그런데 리자가 좀 나쁜 짓을 했어. 그 젊은이를 아주 상냥하게 대해준 거야. 니콜라이에게 질투심을 불러일으키려고……. 왜, 처녀들은 흔히 그러잖아. 그러니 비난할 일도 아니야. 그런데, 세상에, 니콜라이는 질투를 하기는커녕 그 젊은이랑 너무 친해진 거야. 그것도 니콜라이가 먼저 나서서……. 그러니 리자가 폭발할 수밖에……. 그 젊은이는 무슨 급한 일이라도 있는지 금세 떠났고, 그때부터 리자가 니콜라이에게 사사건건 트집을 잡기 시작한 거야. 특히 그가 당신의 귀염둥이 다샤와 이따금 이야기를 나누는 걸 눈치채고는 리자는 화가 단단히 났어. 그러던 차에 니콜라이가 K백작 부인에게서 편지를 받고 갑자기 떠난 거야. 하지만, 바랴, 리자에게는 아무 말도 하지 마. 니콜라이가 약속대로 이곳에 오기만 하면 다 잘될 거야. 둘이 다시 잘 어울리게 될 거야."

"내가 당장 니콜라이에게 편지를 쓰겠어. 전부 다 헛소리야! 뭐, 다샤? 걔는 내가 너무나 잘 알고 있어. 무슨 말도 안 되는 소리를!"

그러자 프라스코비야가 금세 사과했다.

"다샤 이야기는 내가 잘못했어. 그저 평범한 이야기를 니콜라이와 큰 소리로 나누었을 뿐인데……. 하지만 그때는 내가 워낙 신경이 곤두서 있어서……. 리자도 금세 그 애와 다정하게 지냈거든……."

바르바라는 바로 그날로 니콜라이에게 예정된 날보다 일찍 와달라고 애원하는 편지를 썼다. 하지만 그런 후에도 뭔가 찜

찜한 구석이 남아 있었다. 그녀는 곰곰이 생각했다.

'프라스코비야는 너무 순진하고 감상적이야. 기숙사 시절부터 너무 낭만적이었어. 니콜라이는 계집애가 좋알거린다고 도망갈 애가 아니야. 정말 둘 사이에 무슨 불화가 있었다면 분명히 다른 이유가 있는 거야. 게다가 프라스코비야는 다샤에 대해 너무 빨리 발뺌을 해버렸어. 뭔가 하고 싶은 말을 감추고 있는 게 분명해.'

다음 날 아침 바르바라에게, 자신을 사로잡던 의혹들 중 최소한 하나만이라도 해소시켜버릴 수 있는 계획이, 그야말로 돌발적으로 떠올랐다. 그녀가 그 계획을 공들여 다듬는 동안 그녀의 마음속에는 어떤 것이 들어 있었을까? 하지만 그에 대해 정확히 말하기란 어려운 일이며 나는 그 계획에 들어 있는 온갖 모순되는 감정에 대해 이러쿵저러쿵하지 않겠다. 나는 연대기 작가로서 그냥 있었던 사실을 정확하게 제시할 뿐이니, 그 일이 아무리 터무니없어 보이더라도 그건 내 탓이 아니다.

하지만 한 가지 꼭 지적할 것이 있다. 아침에 자리에서 일어났을 때 그녀에게 다샤를 의심하는 마음은 티끌만큼도 없었다는 사실이다. 그녀는 그만큼 다샤를 열렬하게 믿었다. 게다가 그녀는 아들 니콜라이가 자신의 다샤에게 매혹당했다는 사실 자체를 인정할 수 없었다. 아침에 차를 들기 위해 식탁에 마주 앉았을 때 그녀는 다샤를 주의 깊게 바라보며 스무 번도 넘게 '말도 안 돼!'라고 속으로 되뇌었다.

바르바라는 외국에서 지내는 생활, 그곳의 관습들에 대해 조용히 다샤에게 물었다. 다샤는 나지막한 목소리로 30분 정도 열심히 그녀의 질문에 대답했다.

"다샤!" 그녀가 갑자기 그녀의 말을 끊고 말했다. "내게 특별히 해줄 말은 없는 거니?"

다샤는 잠시 생각에 잠겼다가 말했다.

"네, 아무것도 없습니다."

"양심을 걸고 말할 수 있어? 네 영혼에 걸고?"

"네." 다샤가 조용히 말했다.

"그럴 줄 알았어. 다샤, 내가 너를 믿고 있다는 걸 알지? 자, 이리 가까이 앉아라. 자, 잘 들어……. 너 시집가고 싶니?"

다샤는 의혹에 가득 찬, 하지만 그다지 놀라지는 않은 것 같은 눈길로 대답을 대신했다.

"그래, 아무 말 말고 있거라. 우선 나이가 차이 나. 아주 엄청나게 차이가 나지. 하지만 그런 건 아무 문제도 되지 않는다는 걸 네가 누구보다 잘 알고 있겠지? 너는 분별력이 있는 애니까, 네 삶에 무슨 오류가 있어서는 안 돼. 게다가 그 사람은 아직 미남이고⋯⋯. 자, 곧바로 말해주마. 그 사람은 스테판 트로피모비치야. 너 그 사람 여전히 존경하고 있지? 그렇지?"

이번에는 다샤가 놀라다 못해 얼굴이 완전히 새빨갛게 달아올랐다.

"잠깐, 아무 말 말아라. 급할 거 없어. 물론 내 유언장에 네 이름을 잊지는 않을 거다. 하지만 내가 죽은 다음에는 돈이 좀 있다고 네가 뭘 어쩔 수 있겠니? 사람들이 너를 속여 돈을 빼앗아갈 거고, 너는 다 잃어버리게 될 거야. 네가 그 사람과 결혼하면 너는 유명한 사람의 아내가 되는 거야. 자, 이번에는 다른 쪽에서 생각을 좀 해보자. 내가 당장이라도 죽는다면, 설사 내가 그 사람에게 먹고살 만한 걸 남겨준다 하더라도 그 사람이 어떻게 되겠니? 바로 그래서 네가 아주 중요한 거야. 잠깐, 아직 끝나지 않았어. 그 사람이 여러 가지로 모자란 건 사실이야. 생각도 얕고 우유부단하고 차갑고 이기적이고⋯⋯. 하지만 그 사람보다 더 나쁜 사람들이 많아. 적어도 너를 망나니에게 보내는 건 아니잖아. 무엇보다⋯⋯ 내가 간절히 원하고 있고⋯⋯."

그녀가 갑자기 화라도 난 듯 내뱉었다.

"듣고 있는 거니? 왜 대답을 않는 거야?"

다샤는 여전히 대답을 않은 채 귀를 기울이고 있었다.

"그 사람은 연약한 여자 같은 사람이야. 하지만 그게 네게는 훨씬 나을 거야. 물론 사랑할 만한 가치가 없는 사람이라고 생각할 수도 있어. 하지만 그는 사랑받을 가치가 있어. 보호가 필요한 사람이니까……. 그걸 생각해서라도 그 사람을 사랑하도록 해라. 알겠니? 알아들은 거야?"

다샤는 알겠다는 듯 고개를 끄덕였다.

"잠깐, 아직 안 끝났다. 그는 너를 사랑하게 될 거다. 암, 당연히 그래야지! 너를 숭배하게 될 거야." 바르바라는 왠지 흥분한 것 같았다. "물론 넋두리도 늘어놓고 네 흉을 보기도 할 거야. 푸념도 늘어놓을 거고……. 함께 살면서도 편지를 써댈 거다. 어쩌면 하루에 두 통씩이나……. 하지만 결국 너 없이는 살수 없게 될 거다. 제일 중요한 건 그 사람을 고분고분하게 만드는 거야. 그럴 능력이 없으면 넌 바보가 되는 거야. 하지만 어떤 경우건 극단까지 몰고 가면 안 돼. 그게 결혼 생활의 첫 번째 원칙이야. 그리고 다샤, 그가 시인이라는 것도 잊지 마라. 잘들어, 다샤. 자기 자신을 희생하는 것보다 더 큰 행복은 없는 법이란다. 그러면 너는 정말 기뻐하게 될 거고, 무엇보다 그게 중요한 거야. 아니, 넌 왜 그렇게 가만히 있는 거니? 뭔가 말을 좀 해봐."

"전 상관없습니다. 제가 꼭 시집을 가야만 한다면……." 다샤
가 단호한 어조로 말했다.

"'꼭'이라고? 무슨 뜻으로 하는 말이니?" 바르바라가 엄한
시선으로 다샤를 바라보며 물었다.

하지만 다샤는 아무런 대답도 없이 뜨개질 손가락만 놀릴 뿐
이었다.

"너, 잘못 말한 거다. 네가 꼭 시집가야 할 이유 같은 건 없
어. 그냥 너를 시집보내야 한다는 생각이 떠오른 거야. 그리고
그렇다면 스테판밖에 적당한 사람이 없다는 생각이 떠오른 거
고……. 어쨌든 너도 벌써 스무 살 아니냐?"

"전 마님 좋으실 대로 하겠습니다."

"그래, 승낙한다는 거로구나. 잠깐, 아무 말 말고 있어. 어
딜 가려고? 아직 안 끝났다. 실은 내 유언장에 네 앞으로 1만
5,000루블을 떼어놨다. 네가 혼인하자마자 네게 주겠다. 그중
8,000루블을 그 사람에게 주어라. 그 사람에게……. 아니, 내
게 주거라. 내가 그걸로 빚을 갚아줄 거다. 하지만 네 돈으로 갚
은 걸로 알게 만들어라. 그러면 네게 7,000루블이 남게 될 거
다. 그 돈은 단 한 푼도 그 사람에게 주면 안 된다. 단 1루블도

안 돼. 절대로 그 사람 빚을 갚아주지 말아야 한다. 한번 갚아주기 시작하면 감당 못 할 테니까……. 게다가 내가 늘 곁에 있을 거다. 너희는 매년 1,200루블씩 생활비를 받게 될 거야. 그리고 집세와 가구 비용과는 별도로 필요한 경우 매년 1,500루블씩 더 줄 거야. 다만 하인만은 알아서 따로 부리도록 해라. 그 돈은 모두 직접 네 손에 쥐여주마. 내가 죽더라도 그가 죽을 때까지는 계속될 거야. 이 연금은 오로지 그의 몫이니까. 그리고 네가 잘만 하면 네 몫으로 따로 8,000루블을 주도록 하겠다."

그러자 다샤가 머뭇거리며 말했다.

"저, 스테판 트로피모비치께서 무슨 말씀이라도……."

"아니, 아무 말도 없었어. 알지도 못해. 하지만…… 당장 말을 꺼내게 될 거야!"

4

바르바라는 잰걸음으로 스테판의 집을 향해 포도도로를 지나 나무다리를 건넜다. 스테판의 집을 향해 가면서 그녀는 자신이 다샤에게 좋은 일을 해준다고 생각하고 있었다. 그녀는 다샤가 어릴 때부터 그 아이를 진정으로 사랑해왔다. 프라스코비야가 그녀에게 다샤를 "당신의 귀염둥이"라고 말한 것은 아주 적절한 표현이었다. 바르바라 페트로브나는 벌써 오래전부터 그 애의 성격이 제 오빠 샤토프와는 다르다고, 그 애는 얌전하고 조용하며 자기를 크게 희생할 줄 알고 헌신적이며 겸손하고 신중하다고, 무엇보다 은혜를 갚을 줄 아는 아이라고 아예 단정 짓고 있었다. 그녀는 아이가 아직 열두 살밖에 안 되었을 때, 아이에게 "네 삶에 오류가 있어서는 안 된다"고 말했다. 그녀는 한번 무슨 생각을 하면 거기에 열정적으로 집착하는 성격이었기에 당장 다샤를 친딸처럼 교육시키기로 마음먹었다. 그녀는 다샤에게 영국인, 프랑스인 가정교사를 차례로 붙여 교육을 시켰으며 어느 귀족 출신 부인에게 피아노를 배우게 했다. 하지만 다샤의 주된 가정교사는 바로 스테판이었다.

사실상 다샤를 처음 발견한 것은 바로 스테판이었다. 이 조용한 아이가 그의 흥미를 끌었고 바르바라가 그 애를 돌보기 전부터 그 애를 가르쳐왔다. 아이는 놀라울 정도로 그를 잘 따랐다. 한편 리자베타 니콜라예브나 투시나(리자)도 여덟 살부터 열한 살까지 다샤와 함께 그에게 교육을 받았다는 사실도 밝히자. 그는 리자와 다샤를 열정적으로 가르쳤지만 리자가 곧 그

곳을 떠나게 되자 다샤만 남게 되었다. 곧이어 바르바라가 다
샤에게 가정교사들을 붙여주자 그 애를 가르치는 일은 중단될
수밖에 없었고, 그는 그 애를 별로 눈여겨보지 않게 되었다.

그렇게 세월이 흘렀다. 그러던 어느 날이었다. 바르바라의
집에서 저녁을 들던 그는 옛 제자의 사랑스러운 외모에 충격을
받았다. 그때 그녀는 열일곱 살이었다. 그는 처녀와 이야기를
나누게 되었고 그녀의 대답에 아주 만족했다. 그는 그녀에게
러시아 문학사 강의를 해주고 싶다고 말했고 바르바라가 멋진
생각이라며 찬성했다. 다샤도 기뻐했다. 하지만 그 강의는 단
한 번으로 끝났다. 첫 번째 멋진 강의가 끝나자 그 강의에 함께
참석한 바르바라가 갑자기 벌떡 일어나더니 앞으로 강의는 없
을 것이라고 선언해버린 것이다. 스테판은 완전히 우거지상이
되었고 다샤는 얼굴을 붉혔지만 어쨌든 강의는 그것으로 끝나
버렸다. 바르바라가 지금 우리가 화제로 삼고 있는 환상을 품
기 3년 전에 있었던 일이다.

가련한 스테판은 아무 생각 없이 약간은 우수에 젖어, 혹 누
구 찾아오는 사람이나 없는지 창문을 흘낏흘낏 쳐다보며 방에
앉아 있었다. 가랑비가 내리고 있었고 날이 쌀쌀해서 페치카를
피워야만 했다. 스테판은 한숨을 내쉬었다. 그때 갑자기 그의

눈앞에 무서운 환영이 나타났다. 이런 날씨에, 이런 예기치 않은 순간에 바르바라가 나타난 것이다! 그것도 걸어서! 너무도 충격을 받은 그는 정장을 걸칠 겨를도 없이 평소에 입고 있던 장밋빛 스웨터 차림 그대로 그녀를 맞았다.

"오, 나의 벗이여……!"그는 바르바라가 들어서는 모습을 보며 힘없이 외쳤다.

"혼자 있었군요. 다행이에요. 당신 친구들은 정말 질색이야! 어찌나 담배들을 피워대는지! 그런데 맙소사! 도대체 이 꼴이 뭐야! 이런 난장판이! 이렇게 더러울 수가! 얼른 문을 활짝 열어젖히지 못해요! 자, 응접실로 가요! 할 이야기가 있어요. 나스타시야 아줌마는 평생 한 번이라도 비질을 하는 거야, 뭐야! 아줌마, 아줌마!"

곧이어 나스타시야가 왔고, 바르바라가 그녀에게 잔소리를 하는 동안 스테판은 스웨터 위에 양복 상의를 걸치고 왔다.

"아이고, 그래도 옷을 갈아입고 오셨군."그녀가 비웃듯 그를 훑어보며 말했다. "좋아요, 그 편이 낫겠네……. 우리가 나눌 말들에 어울리는 옷차림이겠군……. 자, 좀 앉아요."

그녀는 그에게 자신의 뜻을 분명하게, 그리고 단호하게 설명했다. 마치 그가 딴생각 없이 받아들이리라고 확신하는 것 같왔다. 그녀는 지금 그에게 절실하게 필요한 8,000루블 이야기도 내비쳤으며 지참금에 대해서도 자세히 설명했다. 스테판은 눈을 동그랗게 뜬 채 몸을 벌벌 떨면서 그녀의 이야기를 들었다. 하지만 도대체 무슨 이야기를 듣고 있는지조차 파악하지 못한 것 같았다. 무슨 말이라도 하고 싶었지만 그럴 때마다 목이 턱턱 막혀왔다. 다만 바르바라의 의지가 확고하며, 반박해보았자 헛일이라는 것, 그의 결혼은 이미 돌이킬 수 없는 기정사실이 되었다는 것만 느낄 수 있을 뿐이었다.

"하지만, 내 나이에, 세 번째나……. 게다가 그런 어린아이하고……." 그는 겨우 말문을 열고 더듬거렸다. "아직 어린아이인데……."

"고맙게도, 스무 살이나 먹은 어린아이이지요! 제발 그런 식으로 눈알 굴리지 말아요! 당신은 멜로드라마 배우가 아니니까! 당신은 학식이 있는지는 몰라도 인생에 관해서는 아무것도 몰라요. 당신에게는 늘 유모가 필요해. 그 애는 겸손하고 진실하며 신중한 처녀예요. 아니……. 내가 이런 보물덩어리를 당신에게 갖다주면서 무릎 꿇고 애원이라도 하길 바라는 건 아니겠지요! 오, 이런 옹졸한 인간 같으니……."

"하지만 난 이미 늙은이가 아니오?"

"나이 쉰셋에 무슨 늙은이 타령을! 게다가 그 애는 당신을 존경한다고요. 아무튼 당신이 나서서 그 애에게 영광을 베풀어달라고 간청해야 해요. 하지만 아무 염려 말아요. 내가 곁에 있을 테니……."

"오, 나의 벗이여!" 그가 갑자기 떨리는 목소리로 말했다. "나는…… 나는…… 당신이 나를…… 결혼시키리라고는…… 그것도 다른 여자와……."

"누가 당신을 결혼시켜요! 당신이 뭐 처녀인가요? 당신은 당신 스스로 결혼하는 거예요! 아이고, 이 사람, 기절해버렸네! 나스타시야! 나스타시야! 물 좀 가져와!"

하지만 물은 필요 없었다. 그는 곧바로 정신을 차렸다.

"자, 지금은 당신과 더 이야기를 나눌 성싶지 않네요."

"그래요, 도무지 정신이……."

"하지만 내일까지 잘 생각해봐요. 편지 따위는 보내지 말고 직접……."

당연히 다음 날 그는 그녀의 계획에 동의했다. 달리 어찌할 도리가 없었다. 그가 특수한 상황에 처해 있기 때문이었다.

바르바라의 영지 근처에 스테판의 자그마한 영지가 있었다.

하지만 그 영지는 그의 소유가 아니라 그의 첫 번째 부인 소유였으며, 따라서 당연히 그의 아들 표트르 스테파노비치 베르호벤스키의 소유였다. 스테판은 그저 후견인으로 영지를 관리해 왔을 뿐이었다.

아들에게 유리한 계약에 의해 아들 표트르는 매년 영지 수입 명목으로 1,000루블을 받아왔다. 하지만 실제로 그 돈을 보내 준 것은 바르바라였고, 스테판은 단 1루블도 보태지 않았다. 그 뿐 아니었다. 그는 틈틈이 영지의 일부를 팔아왔다. 모두 노름 빚 때문이었다. 도합 시가 8,000루블에 해당되는 영지를 팔았지만 실제로 그가 손에 넣은 것은 5,000루블 정도였다. 그는 모임에서 많은 돈을 잃으면서도 바르바라에게 손을 내미는 건 두려워했다. 한참 뒤에야 그녀는 이 모든 사실을 알고 이를 득득 갈았다.

그러던 차에 갑자기 아들이 영지를 팔겠다고 통보해왔다. 그리고 매매에 관한 모든 일을 아버지에게 위임했다. 귀족으로서의 자존심이 여전한 데다, 본래 사리사욕이라고는 없는 스테판으로서는 이 '사랑하는 자식'에게 잘못했다고 느낀 게 당연하다. 애초에 1만 3,000루블이나 1만 4,000루블은 나갔을 영지가 지금은 아무리 잘 받아도 4,000루블 이상으로는 받을 수 없게 되었다.

사정이 그러했지만 스테판은 아들 앞에 당당히 1만 5,000루블을 내놓는 아버지의 그림만 그리고 있었다. 그래, 그 돈을 내놓자, 그리고 눈물을 펑펑 쏟으면서 아들의 품에 돈을 안기자, 그것으로 모든 셈을 끝내자, 라고 그는 생각했다.

그 사정을 바르바라가 다 알게 되었다. 바로 그 허황된 그림을 그가 바르바라 앞에서 조심스럽게 펼쳐 보였던 것이다. 그리고 그것이 그들의 우정 어린 관계에 뭔가 특별하고 고상한 방점을 찍어주는 일이 될 것이라고 그녀에게 은근히 암시했다. 그렇게 함으로써 사회주의에 물든 젊은 세대에 비해 아버지 세대가 얼마나 사리사욕이 없으며 관대한가를 보여줄 수 있으리라는 것이었다.

그는 그 외에도 몇 가지 의미를 더 부여하는 말을 계속 늘어놓았지만 바르바라는 아무 말도 없었다. 하지만 결국 그녀는 그 4,000루블짜리 땅을 7,000루블에 사겠다고 동의했다. 그러나 휙 날아가버린 8,000루블에 대해서는 일언반구도 없었다.

이것이 혼담이 오가기 바로 한 달 전에 있었던 일로서, 스테판이 노심초사하고 있는 골칫거리였다. 스테판은 혹시 아들이 이곳으로 오지 않을 수도 있지 않을까 하는 희망을 품어보기도 했지만 아비로서 이 무슨 채신머리없는 짓이냐며 스스로 그런 희망을 없애버렸다. 게다가 1년에 한 번, 혹은 그보다 드물게 아버지에게 편지를 썼던 페트루샤(표트르)가 자신이 곧 도착하리라는 것을 알리는 편지를 두 통이나 보냈다. 그러던 차에 바르바라가 결혼 제안을 해온 것이며, 그와 함께 8,000루블, 그녀에게서가 아니라면 그 어디서도 들어올 수 없는 그 돈이 굴러 들어올 수도 있다는 것을 알려준 것이다. 스테판은 당연히 그 제안을 받아들일 수밖에 없었다.

물론 그가 그 제안에 아주 덤덤하게 동의한 것은 아니다. 그는 바르바라가 떠나자마자 곧바로 나를 불렀다. 그는 다른 사람들을 멀리하고 하루 종일 집 안에 틀어박혀 내 앞에서 울기도 많이 울었으며 말도 무척 많이 했다. 그러다가 허튼소리를 지껄이며 희희낙락하기도 했고, 발작 비슷한 것을 일으키기도 했다. 그리고 죽은 지 20년도 더 된 독일인 마누라의 사진을 꺼내놓고 "당신, 나를 용서해주겠지?"라고 울먹이기도 했다. 전체적으로 보아 약간 정신이 나갔다고 보는 게 옳았다. 나는 그와 함께 종일 술을 마셨다.

다음 날 그는 넥타이를 매고 정장 차림으로 바르바라를 기다렸다. 이윽고 바르바라가 나타났다. 그가 그녀의 제안을 받아들인다고 말하자 그녀는 칭찬을 했다. 하지만 그녀는 그가 보기에 이상한 주문을 했다.

"당분간 아무 말도 하지 말고 얌전히 있어요. 내가 다 알아서 할 거예요. 좀 있으면 당신 생일이니 그때 그 애와 함께 오겠어요. 초대할 사람은……. 우리 함께 골라봐요. 하지만 무슨 요란한 선언 같은 건 없을 거예요. 그런 후 2주쯤 지나서 식을 올릴 거예요. 결혼식을 마치면 어디 다녀오지요. 모스크바든지 어디든지……. 물론 나도 따라갈 거예요……. 어쨌든 그때까진 아무 말도 말고 그냥 얌전히 있어요. 나도 입 다물고 있을 테니까."

그녀가 가고 난 후 스테판이 한바탕 원망을 늘어놓았음은 물론이다. 그는 "아니, 내가 무슨 죄수란 말인가? 내가 무슨 비밀 결사 단체 회원이란 말인가?"라고 툴툴거렸다. 하지만 그의 툴툴거림 속에는 일종의 우쭐거리는 모습과 즐거운 기색이 숨어 있었다는 것을 밝혀야겠다. 우리는 저녁에 또다시 술을 마셨다.

제3장 타인의 죄

1

일주일의 시간이 흘렀고 일이 어느 정도 진전되기 시작했다. 그 일주일 동안 내가 무척 고달팠다는 것도 지적해야겠다. 스테판과 가장 가까운 사이였기에 그와 내내 붙어 있으면서 그의 고뇌를 함께 나눌 수밖에 없었던 것이다.

그를 가장 고통스럽게 한 것은 수치심이었다. 일주일 동안 그는 아무도 만나지 않고 줄곧 내 곁에 있었는데 심지어 나에게조차 수치심을 느꼈다. 그는 내게 많은 것을 털어놓으면 털어놓을수록 나에게 더 신경질을 부렸다. 자신이 도대체 약혼을 하긴 한 것인지 의심스러웠던 것이다. 도무지 다샤를 만날 수도 없었고, 이게 진짜로 진지하게 벌어지고 있는 일인지도 의심스러웠다. 게다가 바르바라는 아예 그를 만나려고도 하지 않았다.

그는 너무 답답해서 바르바라에게 편지를 보냈다. 그러자 바르바라는 자기는 지금 너무 바쁘니 당분간 자신과 스테판 간의 모든 관계로부터 자신을 해방시켜달라고 첫 번째 편지에 대한 답장을 써 보낸 후, 다음부터는 아예 편지를 뜯어보지도 않고 돌려보냈다.

나는 우리 클럽 회원들에게 당분간 스테판은 만날 수 없다고 공식적으로 통보했다. 바르바라가 우리 영감에게 몇 년 동안에 걸쳐 오간 편지들을 정리하라는 특수 임무를 맡겼고, 그 때문에 그는 집에 칩거해야만 하며, 내가 그를 돕고 있다고 일일이 그들을 방문해서 알렸다. 오직 한 사람 리푸틴에게만 들르지 못하고 미루고 있었는데 왠지 그가 두렵기 때문이었다. 그는 내 말을 한마디도 믿지 않고 여기에는 무슨 중대한 비밀이 숨어 있다고 의심할 만한 친구였다.

그러던 어느 날 아침 11시경이었다. 스테판이 결혼하겠다고 승낙한 지 7일인가 8일이 지났을 때였다. 나는 그 불쌍한 약혼자에게 가기 위해 발걸음을 재촉하고 있었다. 그런데 도중에 사건이라고 할 만한 일을 겪었다. 리푸틴이 늘 "위대한 작가"라고 말하는 카르마지노프를 만난 것이다.

나는 어릴 때부터 그의 작품들을 읽고 열광했다. 하지만 최근의 저작들은 왠지 마음에 들지 않아 별로 읽지 않고 있었다. 이류급 재능을 가진 작가들이 대개 그렇듯이 이런 양반들은 나이가 들면 필력이 탕진되어버리지만 정작 본인은 그것을 느끼지 못하고 열심히 태작(駄作)을 써댄다는 것이 내 생각이다. 그런 사람일수록 모든 글에서 자기 자신을 과시하기 위해 애를 쓰기 마련이고, 그럴수록 글은 졸렬해진다. 언젠가 이와 같은 내 견해를 스테판에게 이야기해준 바 있고 그도 동의했다.

하지만 어쨌든 그는 대단한 작가였고, 대단히 유명했다. 그가 우리 고장에 온다는 소문을 들었을 때 나는 그를 무척이나 만나고 싶었고 가능하면 그와 친해지고 싶었다. 그리고 스테판을 통한다면 그 일이 가능하다고 믿고 있었다. 둘은 한때 친구였으니 말이다. 그런데 이렇게 갑자기 교차로에서 그와 우연히 만나게 된 것이다. 나는 그를 당장에 알아보았다. 사흘 전인가 그가 지사 부인과 마차를 타고 지나가는 것을 보고 누군가가 내게 가르쳐주었던 것이다.

그는 좀 젠체하는 키 작은 사내였다. 쉰다섯은 넘지 않은 나이에 불그스름한 작은 얼굴을 하고 있었다. 우리가 마주쳤을 때 그는 길모퉁이에서 잠시 걸음을 멈추더니, 내가 호기심에 가득 찬 눈빛으로 자신을 바라보고 있음을 알아채고는 나에게 물었다.

"비코바 거리로 가려면 어디로 가야 하나요?"

"아, 비코바 거리요?" 나는 흥분해서 외쳤다. "여기서 아주 가깝습니다. 이 길을 죽 따라가시다가 두 번째 모퉁이에서 왼쪽으로 돌아가시면 됩니다."

제길! 나는 그 순간 내가 겁을 먹었으며 비굴한 표정을 짓고 있었다고 확신한다. 그는 한순간에 그 모든 것을 알아챘던 것 같다. 그가 누구인지 내가 알고 있다는 것을, 내가 어릴 적부터 그의 작품들을 읽고 그를 숭배해왔다는 것을, 그래서 내가 아첨의 눈빛으로 그를 바라보고 있었다는 것을 단번에 알아차린 것이다. 그는 미소를 지으면서 고개를 한 번 끄덕이더니 곧장 길을 가기 시작했다.

나는 내가 내 길을 가지 않고 왜 그의 뒤를 따라갔는지 모르겠다. 그러자 그가 멈춰 서더니 고개를 돌리고 내게 물었다.

"역마차 정거장이 어디 있는지 좀 알려줄 수 있습니까?"

"역마차 정거장이요? 아주 가까운 곳에 있지요……. 성당 근처에……."

그러고 나서 나는 하마터면 나도 모르게 마차를 부르러 달려갈 뻔했다. 그리고 그가 내게서 바로 그런 행동을 기대했던 게 아닌가 생각된다. 물론 나는 재빨리 정신을 차리고 제자리에 가만있었지만, 그는 내 모든 움직임을 다 알아차리고는 추악한 미소를 지었다. 순간 내가 결코 잊을 수 없는 일이 벌어지고 말았다.

그가 왼손에 들고 있던 작은 가방을 갑자기 땅에 떨어뜨렸다. 그런데 나는 나도 모르게 그 가방을 주워 들기 위해 달려들었다. 물론 나는 그것을 주워 들지는 않았다. 하지만 첫 번째 동작은 절대 숨길 수 없었고, 나는 부끄러워서 얼굴이 빨개졌다. 그 심술궂은 인간은 그 상황에서 자신이 끌어낼 수 있는 것을 즉각 얻어냈다.

"그러실 필요 없습니다. 제가 직접 들어 올리지요."

그는 가방을 집어 든 뒤 고개를 한 번 까딱하고는 가버렸다. 나는 등신이 된 채 멍하니 서 있었다. 그건 마치 내가 그의 가방을 집어준 것과 다름없었다. 약 5분 정도 나는 내가 치욕에 빠진 놈이라 생각했지만 스테판의 집이 가까워오자 갑자기 웃음이 터져 나왔다. 이 만남이 너무 이상하고 재미있어서 나는 스테판을 즐겁게 해주기 위해 이 이야기를 해주어야겠다고 생각했다.

그런데 정작 스테판의 집에 갔을 때 나는 내가 카르마지노프를 만나서 겪은 일을 그에게 이야기해줄 수 없었다. 막 이야기를 꺼내려는 순간, 리푸틴이 들이닥쳤던 것이다. 첫눈에도 리푸틴의 표정은 아무리 출입이 금지되어 있더라도 자신에게는 이 집에 들어올 특권이 있다는 것을 과시하는 듯했다. 그는 분명 이곳 출신이 아닌 웬 낯선 남자를 대동하고 있었다. 스테판이 아연한 표정으로 리푸틴을 바라보자 그가 우렁찬 목소리로 말했다.

"내가 손님을 모셔왔어요. 아주 특별한 손님을! 키릴로프 씨라고, 아주 뛰어난 건축 기사입니다. 무엇보다 당신의 아드님 표트르 스테파노비치를 잘 알고 있는 사람입니다. 아주 특별한 관계랍니다. 아드님께 무슨 임무를 부여받고 당신을 만나러 온 거랍니다. 방금 전에 도착했어요."

그러자 그 사내가 즉시 리푸틴의 말을 받았다.

"임무라니요? 그런 거 없습니다. 베르호벤스키 씨를 잘 아는 건 사실이지만……. 열흘 전에 X현에서 헤어졌습니다."

그의 목소리는 단호했다. 나는 재빨리 방문객을 뜯어보았다. 27살 정도 된 호리호리한 사내로서 깔끔한 옷차림이었다. 검은 눈에 광채는 없었으며 꿈에 잠긴 듯한 표정이었다. 그가 하는 말들은 다소간 문법에 맞지 않았으며 약간 긴 말을 할 때는 단어들을 생각해내기가 어려운 듯 단어들이 이상하게 뒤섞이곤 했다.

"나는, 나는…… 페트루샤(표트르)를 오랫동안 못 봤소. 당신, 그를 외국에서 만났소?" 당황해 있던 스테판이 겨우 정신을 차리고 중얼거리듯 말했다.

"여기서도 만났고 외국에서도 만났습니다."

그러자 리푸틴이 나서서 보충 설명을 해주었다.

"알렉세이 닐리치 키릴로프 씨는 4년간 외국에서 지내다가 지금 막 돌아오는 길입니다. 전공을 연마하기 위해서였지요. 우리 지역 철도 건설 현장에서 일자리를 구해보기 위해 이곳에 왔지요. 지금 답신을 기다리고 있는 중입니다. 이 양반은 표트르의 중재로 드로즈도프 가족 및 리자베타 니콜라예브나와도 인사를 나누었답니다. 그리고 니콜라이와도 아는 사이입니다. 글도 쓰고 있습니다."

키릴로프는 리푸틴이 자신을 소개하는 동안 뭔가 당황한 듯 어색한 기색을 감추지 못했다.

스테판이 그에게 물었다.

"내가 페트루샤를 본 지가 너무 오래돼서……. 아버지 자격조차 없는지도……. 그건 그렇고……. 그러니까, 그 애와 헤어질 때 잘 지내고 있습디까?"

"글쎄요, 그냥 평범하게……. 그가 직접 올 겁니다."

"아, 그 애가 온다고요? 어쨌든 그 애 소식을 전해줘서 고맙소. 하지만 나는 지금…… 상황이 좀……. 그나저나 어디에 거처를 잡았는지 알 수 있겠소?"

"보고야블렌스카야 거리에 있는 필리포프의 집입니다."

"아, 그 집! 거기 샤토프도 살고 있는데……." 내가 나도 모르게 끼어들었다.

"맞아요. 같은 집이에요." 이번에는 리푸틴이 끼어들었다. "샤토프는 위쪽 다락방에 살고 있고, 이 양반은 그 아래층 레뱌드킨 대위의 아파트 방 하나에 세 들어 있어요. 이 양반은 샤토프랑 샤토프 부인과도 잘 알아요. 이 양반이 외국에 있을 때 그 부인을 만났거든요."

그러자 키릴로프가 이상할 정도로 흥분해서 리푸틴에게 말했다.

"아니, 무슨 소리를! 정말 함부로 막 갖다 붙이시네. 난 부인을 몰라요. 먼 데서 한 번 본 정도인데……. 샤토프는 알고 있지만……."

나는 그가 그토록 흥분하는 이유를 알 수 없었다. 이어서 그가 약 30초가량 침묵하다가 다시 말했다. 당당한 목소리였다.

"죄송합니다. 하지만 저는 화를 내는 게 아닙니다. 4년간 사람들을 만나지 못해서……. 하지만 리푸틴 이 사람이 아무렇게나 말하는 걸 보니 좀 언짢아서……. 바쁘시다니 이만 가보겠습니다."

그가 인사를 나누는 둥 마는 둥 밖으로 나가려 하자 리푸틴이 스테판에게 황급히 속삭이듯 말했다.

"저 사람이 러시아에 대해 연구를 많이 하고 있어요. 듣기로는 자살에 대해 연구를 한다고 하던데……."

그 말을 마치고 그는 키릴로프의 뒤를 따라 황급히 밖으로 나가려 했다.

2

리푸틴이 키릴로프의 뒤를 따라 황급히 밖으로 나가려는 바로 그 순간이었다. 스테판이 갑자기 그를 낚아채더니 그의 어깨를 거머쥐고 의자에 앉혔다. 리푸틴은 겁에 질린 얼굴이 되었다.

"아니, 왜 이러십니까?"

"자네, 단순히 저 사람을 소개하려고 온 게 아니지? 뭔가 알고 있지? 온갖 추잡한 정보는 자네가 다 알고 있잖아. 자, 키릴로프 씨, 당신도 가지 말고 좀 앉아 있게……. 어딘지 당신과도 연관이 있는 것 같아. 자, 어디 아는 이야기를 해봐."

"아니, 제가 뭘 안다고……. 실은 당신도 다 아시는 줄 알았는데……." 리푸틴은 발뺌을 하는 척하면서 오히려 스테판의 궁금증에 불을 질렀다. 스테판이 다시 눈으로 재촉하자 리푸틴이 마지못한 척 이야기를 꺼냈다.

"이 건축 기사 양반이 가겠다고 서두르지만 않았어도……. 실은 당신에게 아주 웃기는 이야기를 해드리려고 했던 건데……. 바르바라 페트로브나에게 일어난 일이거든요. 그저께 그분이 갑자기 저를 불렀어요. 있을 수 없는 일이잖아요. 저는 만사 제쳐두고 어제 정오에 그 집 벨을 눌렀지요. 저는 곧장 거실로 안내되어 부인을 기다렸어요. 부인이 1분 후에 나타나더군요. 부인은 저에게 의자에 앉으라고 권한 후 언제나 그렇듯 단도직입적으로 물으셨어요. '4년 전에 내 아들 니콜라이가 한 짓에 대해 이런저런 이야기가 떠돌던 것 기억나지요? 자, 망설이지 말고 똑바로 말해봐요. 그때 당신은 니콜라이에 대해 어떻게 생각하고 있었는지……. 지금은 어떻게 생각하는지……. 그 애는 살면서 온갖 불행한 일을 다 겪었어요. 그런 일들의 영향을 입었을 수도 있고……. 아니면 무슨 사상적인 전환이랄까, 어디 극단적인 사상에 경도되었을 수도 있고……. 어쨌든 그 애가 계속 불안해하던 걸 나는 잘 알고 있어요. 하지만 나는 어미니까 객관적인 눈으로 그 애를 볼 수 없을 거예요. 자, 내게 모든 진실을 말해줘요. 그리고 우리가 이런 식으로 만난 건 비밀로 해줘요. 그렇게만 해준다면 내가 두고두고 고마워할 거예요.' 스테판 트로피모비치 씨, 이게 있을 수 있는 일입니까? 당신은 어떻게 생각하세요? 그런 높은 분이 나 같은 놈을 불러서 무언가 묻고 둘만의 비밀로 해달라고 하니 분명 무슨 일이 있는 게 아니겠어요? 혹시 니콜라이에 대한 소식 뭐 들으신 것 없으세요?"

"난 잘 모르겠소. 며칠 동안 그녀를 만나지도 못했고……. 그런데 당신, 둘만의 비밀로 하자고 한 이야기를 여기 이렇게 여러 사람 앞에서……."

"다른 사람들에게는 정말 비밀로 했습니다. 하지만 우리가 어디 남입니까?"

"아니, 여기 키릴로프 군까지 포함해서 우리 셋은 믿겠지만, 정작 리푸틴 당신은 못 믿겠는데……."

"아니, 왜 이러십니까? 저야말로 입을 다물고 있는 게 제게 유리하다는 걸 잘 알고 있는 당사자인데요. 부인께서 영원히 감사하겠다고 하시지 않았습니까? 어쨌든 정말 흥미로운 일은 그다음에 있었지요."

그러면서 그는 자신이 알고 있다고 생각했던 일, 실은 오로지 소문에 불과한 일들을 장황하게 늘어놓았다. 그는 자신의 이야기가 옳다는 것을 입증하기 위해 키릴로프도 끌어들였으며, 키릴로프와 같은 집에 살고 있는 레뱌드킨 대위도 마구 끌어들였다. 그리고 온 도시가 입방아를 찧고 있는 일을 스테판만 모르고 있다고 말했다. 그의 장황하기 그지없는 이야기는 결국 니콜라이와 다샤 사이에 모종의 사건이 있었던 게 틀림없다는 이야기를 끄집어내기 위한 들러리였다. 리푸틴은 다음과 같은 이야기로 말을 맺었다.

"자, 일은 이미 벌어졌다, 그런데 관대함으로 가득 차 있는 분이 한 분 곁에 있다, 그 관대한 분의 명예로운 이름으로 남이 지은 죄를 덮어버리면 될 것 아니냐, 뭐, 이렇게 된 게 아닌지……."

"말조심하지 못해!" 스테판이 자리에서 벌떡 일어나며 큰 소리로 외쳤다.

"믿지 마세요. 이 사람은 비열해요! 내 이야기까지 끌어들이다니! 내가 니콜라이를 알고 있었다고 해도 벌써 오래전 일이고 최근에는 만난 적도 없어요! 나중에 모든 게 밝혀질 겁니다. 이런 비열한 이야기가……. 정말, 너무……." 키릴로프가 벌떡 일어나며 외쳤다.

그는 방에서 뛰쳐나갔다. 그러자 리푸틴도 요란을 떨며 자리에서 일어나더니 알렉세이 닐리치 키릴로프의 뒤를 따라갔다.

스테판은 1분 정도 생각에 잠긴 채 서 있다가 나를 보는 둥 마는 둥 하더니 지팡이와 모자를 집어 들고 조용히 방에서 나갔다. 나는 황급히 그의 뒤를 따랐다. 거리에 나오자 그는 내가 곁에 있음을 알고 말했다.

"아, 그래! 자네가 이 사건의…… 증인이 될 수 있을 거야……. 함께 갈 수 있겠지?"

"스테판 트로피모비치, 정말 그 집에 가겠다는 겁니까? 그렇게 하면 어떻게 될지 생각해봤어요?"

그는 잠깐 걸음을 멈추었다. 그는 수치심과 절망뿐 아니라 일종의 이상한 흥분까지 담긴 미소를 띠면서 속삭이듯 말했다.

"나는 '타인의 죄'와 결혼할 수 없어."

내가 기대했던 바로 그 말이었다. 그가 얼굴을 찌푸린 채 망설이면서 내게 감춰왔던 그 말이 드디어 튀어나온 것이다. 나는 참지 못하고 말했다.

"어떻게 그렇게 부끄럽고 야비한 생각을……. 당신처럼 맑은 정신과 선량한 마음을 가진 사람이……."

그는 대답도 하지 않은 채 길을 재촉했다. 나는 혼자 남아 있고 싶지 않았다. 나는 바르바라 앞에서 그의 잘못된 생각에 대한 증인이 되고 싶었다. 만일 그가 옹졸한 사람이라서 리푸틴의 허황된 말을 듣고 저러는 것이라면 나는 그를 용서해주었을지도 모른다. 하지만 그는 그 전부터 아무런 근거도 없이, 깊이 생각해보지도 않고 다샤의 품행을 의심했던 것이다. 리푸틴은 단지 그가 미리 품고 있던 의혹에 불을 질렀을 뿐이었다. 그가 보기에 바르바라의 폭군 같은 행동은 그녀가 소중히 여기는 아들 니콜라이의 잘못을 서둘러 덮어버리기 위한 짓으로밖에 이해되지 않았다. 그러기 위해 다샤를 존경하는 사람과 결혼시키려 한다고 생각하는 게 틀림없었다. 나는 그따위 생각이나 하고 있는 그가 벌이라도 받았으면 하는 마음이었다.

그때였다. 누군가의 아주 생기 넘치는 목소리가 내 귀에 마치 음악처럼 울려 퍼졌다.

"어머, 저분이에요! 선생님, 선생님 맞아요?"

처음에는 아무도 보이지 않았다. 그런데 갑자기 우리 곁에 리자베타 니콜라예브나(리자)가 말을 타고 나타났다. 그녀의 곁에는 늘 그녀를 동반하고 다니는 사내가 함께 하고 있었다. 그녀는 말을 멈춰 세웠다.

"마브리키, 어서 이리 와봐요! 벌써 12년간이나 못 뵈었어요. 단번에 알아보겠네……. 그런데 선생님, 혹시 저를 못 알아보시겠어요?"

스테판은 그녀가 내민 손을 잡고 경건히 입을 맞추었다. 그는 아무 말도 못 한 채 넋을 잃고 그녀를 바라보고만 있었다.

"선생님, 저를 알아보시네요. 마브리키, 선생님이 저를 보고 반가워하세요. 그런데 선생님, 왜 2주 동안이나 찾아오지 않으셨어요? 이모(그녀는 바르바라를 이모라고 불렀다) 말로는 선생님이 어디 편찮으시다던데……. 거짓말인 줄 알았지만……. 선생님을 먼저 저희 집에 모시고 싶어서 제가 찾아뵙지 않은 거예요. 주름도 생기고 머리도 하얗게 되셨지만 눈만은 예전 그대로세요."

이어서 그녀는 장황하게 스테판의 강의 내용을 지금도 다 외우고 있다, 이분 덕에 신에 대한 믿음, 역사와 문학에 대한 지식을 갖추게 되었다고 구체적인 예를 들어가며 동반자인 마브리키에게 한참을 이야기한 후 스테판을 향해 말했다.

"선생님, 댁에 돌아가 계세요. 몇 분 후에 곧바로 찾아뵐게요. 어디 사시는지 알고 있어요. 아이 참, 제가 먼저 선생님을 찾아가게 만들다니, 정말 고집쟁이세요. 다음번에 저희 집에 오시면 하루 종일 붙잡아둘 거예요."

이어서 그녀는 말에 박차를 가해 동반자와 함께 가버렸다. 우리는 함께 스테판의 집으로 되돌아와 리자를 기다릴 수밖에 없었다. 집으로 돌아오자 스테판은 소파에 앉아 눈물을 흘렸다. 물론 환희의 눈물이었다. 리자는 아름다웠고 그는 탐미(耽美)주의자였다.

"오, 신이시여! 신이시여! 마침내 행복의 순간이!"

5분도 되지 않아 리자가 마브리키를 대동하고 나타났다.

"자, 여기 꽃다발을 받으세요. 마담 슈발리에 댁에 잠깐 들렀다 오는 거예요. 그 집에 꽃이 있어서 가져왔어요. 자, 이 사람은 마브리키 니콜라예비치예요. 인사하세요."

그는 삼십 대 초반의 포병 대위였다. 첫눈에도 선량해 보이는 미남이었으며 말수가 적었다.

나는 리자의 미모에 대해서는 묘사하지 않으련다. 우리 도시 전체가 그녀의 아름다움에 대해 찬탄을 보내고 있었으며, 몇몇 부인들과 처녀들은 사람들의 그런 열광에 대해 분개하고 있었다. 그녀들은 그녀가 오만하다는 이유로, 현 지사의 친척이라는 이유로, 그녀가 매일 밤 말을 타고 산책한다는 이유로 그녀를 미워했다. 하지만 그녀가 말을 타고 다니는 것은 의사의 권고에 의해서였다. 건강 때문이었다. 실제로 그녀는 건강이 안 좋았다. 그녀를 처음 보자마자 병적이고 신경증적인 불안감이 눈에 띄었다. 오오, 그녀는 사실상 고통스러워하고 있었으니, 모든 것은 나중에 밝혀지게 될 것이다.

그녀는 소파에 앉아 방을 둘러보며 약 30분 정도 이런저런 이야기를 한 후 자리에서 일어나며 말했다.

"마브리키, 이제 그만 일어나야지요? 선생님, 30분 후쯤 저희 집에 오시지 않겠어요? 아, 얼마나 할 이야기가 많을까! 이제부터 제가 선생님과 속내 이야기를 터놓는 사이가 되겠어요. 제게 모든 이야기를 다 해주세요. 아시겠지요?"

그 말에 스테판이 불안한 표정을 지었다.

"마브리키도 다 알고 있어요. 이 사람이 옆에 있어도 상관없어요." 리자가 덧붙였다.

"뭘 다 알고 있다는 거지?"

그러자 이번에는 리자가 놀란 듯 되물었다.

"아니, 무슨 말씀이세요? 그래, 그분들이 뭔가 쉬쉬하고 있는 게 사실인가봐. 난 믿고 싶지 않은데……. 그분들은 다샤도 숨기려고 들어요. 이모는 다샤가 아프다면서 다샤를 찾아가지도 못하게 해요."

"맙소사! 너는 어떻게 알게 된 거니?"

"어머, 다른 사람들이나 마찬가지지요. 뭐, 나쁜 짓을 한 것도 아니잖아요."

"아니, 그러면 모든 사람이?"

"아이, 뻔한 걸 갖고 뭘 그러세요. 아무튼 서둘러 오시도록 하세요. 우린 저녁 식사를 일찍 하니까요. 아 참, 잊을 뻔했네. 샤토프라는 사람, 어떤 사람이에요?"

"샤토프? 다샤의 오빠지."

"그건 나도 알아요. 선생님도 차-암……." 그녀가 참지 못하고 그의 말을 막았다. "제가 알고 싶은 건 그가 어떤 사람이냐 하는 거예요."

"뭐, 좀 공상가에 가깝지. 아주 좋은 사람이면서 성깔이 대단하다고 할까."

"좀 이상한 사람이라는 소리는 들었어요. 하지만 그런 게 문제가 아니에요. 듣기로는 3개 국어를 한다면서요? 특히 영어를 잘하고, 문학에도 조예가 깊고……. 그렇다면 그가 필요한 일이 많아요. 저에게 도움 줄 사람이 필요하고 그것도 빠를수록 좋아요. 그가 그 일을 맡아줄까요? 누가 그 사람을 추천하던데……."

"물론이지……. 그에게도 아주 좋은 걸 베푸는 셈이고."

"베푸는 게 아니라 제게 필요해서 그러는 거예요."

그들의 대화를 듣고 있던 내가 그녀에게 말했다.

"샤토프라면 내가 잘 알고 있습니다. 그에게 전할 말이 있다면 지금 당장 내가 그 친구에게 가겠습니다."

"그에게 내일 정오에 저희 집에 오라고 전해주시겠어요? 정말 잘됐어요! 고맙습니다. 자, 마브리키, 이제 그만 갈까요?"

그들은 떠났다. 나는 당연히 당장에 샤토프에게 뛰어갔다.

"어이, 친구!" 스테판은 현관까지 나를 따라오며 말했다. "10시나 11시까지 내 집에 와줘! 그때까지는 나도 돌아와 있을 테니……."

3

샤토프는 집에 없었다. 두 시간 후에 다시 찾아갔지만 허탕이었다. 결국 나는 7시가 넘은 시각에 그가 없으면 쪽지라도 남겨놓아야겠다는 생각으로 다시 그를 찾아갔다. 이번에도 그는 없었다. 나는 레뱌드킨 대위에게 쪽지를 남기려고 그의 방문을 두드렸지만 그도 없었다. 나는 허탕 쳤다고 투덜거리면서 밖으로 나오다가 대문 앞에서 키릴로프와 마주쳤다. 나는 그에게 용건을 간단히 말해주면서 샤토프에게 쪽지를 전해줘야겠는데 방법이 없다고 덧붙였다. 그러자 그가 말했다.

"자, 나하고 들어갑시다. 내가 다 처리해드리지."

나는 그의 집으로 쓰이고 있는 목조 별채로 따라 들어갔다. 그가 혼자 쓰기에는 너무 넓은 별채에는 시중드는 노파가 함께 지내고 있었다. 아마 그의 친척인 것 같았다. 방으로 들어서자 그는 불을 밝힌 후 봉투, 밀랍 등을 꺼냈다. 그는 굳이 그럴 필요 없다는 내 말에도 불구하고 내가 건네준 쪽지를 봉투에 넣은 후 밀랍으로 봉했다.

노파가 차를 가져오자 나는 차를 마시며 그에게 말했다.

"아까 리푸틴이 공연한 말을 많이 했지요?"

"그 사람은 공상을 많이 하는 인간이라……. 하찮은 것들을 긁어모아 산을 쌓으려 하고 있지요." 그가 내 말에 대답했다. "그는 약한 사람이거나, 조바심이 많거나 유해한 사람입니다. 질투도 많고요."

나도 그에게 맞장구를 쳤다.

"하긴 그 친구는 혼돈 그 자체이지요. 거짓말도 일삼고요. 어제만 해도 당신이 글을 쓴다고 거짓말을 하지 않았습니까?"

"그게 왜 거짓말이라는 거지요?" 그가 묘한 표정을 지으며 대꾸했다.

나는 그에게 얼른 사과하며 그냥 별 뜻 없이 한 말이라고 변명했다. 그러자 그가 얼굴을 붉히며 말했다.

"그는 사실을 말한 겁니다. 저는 글을 씁니다. 하지만 뭐…… 별거 아니지요."

제3장 타인의 죄

85

우리는 잠시 침묵했다. 그러자 그가 다시 입을 열었다.

"나는 단지 사람들이 과감하게 자살하지 못하는 원인을 찾고 있을 뿐입니다. 정말 별거 아니지요."

"뭐요? 사람들이 과감하게 자살을 하지 못하다니요? 그렇다면 자살하는 사람이 너무 적단 말인가요?"

"너무 적지요."

"정말요? 정말 그렇게 생각해요?"

그는 대답을 않은 채 자리에서 일어나더니 생각에 잠긴 듯 방을 이리저리 왔다 갔다 하기 시작했다. 내가 재차 그에게 물었다.

"그렇다면…… 사람들을 자살하지 못하게 막는 게 뭐지요?"

그는 우리가 무슨 대화를 하고 있었는지 기억해내려는 것 같은 표정으로 나를 바라보았다. 이윽고 그가 입을 열었다.

"저로서는 아직 잘 모르겠지만…… 두 개의 편견이 그걸 막는 것 같아요. 딱 두 가지……. 하나는 하찮은 것이고 다른 하나는 진지한 거지요. 하지만 그 하찮은 것도 아주 중요합니다."

나는 막연히 호기심이 일었다.

"그 하찮으면서 중요한 게 뭐지요?"

"고통." 그는 짧게 단어만 내뱉었다.

"고통? 그게 그렇게 큰 역할을 한단 말입니까? 자살을 막는데에?"

"제일 큰 역할을 하지요. 하지만 두 가지를 구분해야 합니다. 슬픔이나 분노 때문에, 혹은 미쳐서 자살하는 사람들이 있습니다. 뭐든 상관없지만, 그 경우 그들은 고통에 대해서는 생각하지 않고 갑자기 목숨을 끊어버립니다. 하지만 이성에 의해서 자살하는 경우, 그 사람은 고통에 대해 많은 생각을 합니다."

"아니, 이성에 의해서 자살을 하는 사람이 있다 이겁니까?"

"아주 많지요. 편견만 없다면 더 많을 수도 있습니다. 다수가 그렇게 할 것이고 대부분이 그렇게 할 겁니다. 아니, 전부 다."

"뭐라고요? 전부 다?"

그는 대답하지 않았다. 내가 다시 말했다.

"그렇다면 고통 없이 죽는 방법은 없다 이겁니까?"

그는 갑자기 내 앞에 멈춰 서더니 말을 이었다.

"자, 집채만 한 바위가 당신 머리 위에 매달려 있다고 생각해보세요. 그게 당신 머리 위로 떨어진다면 고통스러울까요?"

"집채만 한 바위? 물론 무섭겠지요."

"나는 두려움에 대해 말하는 게 아닙니다. 산만큼 큰 바위 아래에 깔려 있으면서 고통을 느낄까요?"

이상한 질문이었지만 나는 잠시 생각한 후 대답했다.

"산처럼 큰 바위라…… 고통을 느낄 수 없겠네요."

"그런데, 당신은 그 바위가 매달려 있는 동안, 혹시 고통스럽지는 않을까 두려워하고 있습니다. 누구나 그렇습니다. 모든 사람들이 고통스럽지 않다는 것을 알면서도 고통스러울까봐 두려워합니다. 그래서 자살을 못 합니다."

나는 알 듯 모를 듯 했지만 다시 그에게 물었다.

"그렇다면 당신이 진지한 이유라고 말한 건 뭐지요?"

"저세상입니다."

"말하자면…… 저세상에서 받을 징벌?"

"아니, 그건 아무것도 아닙니다. 그냥 저세상입니다."

"그렇다면 저세상을 믿지 않는 무신론자는 아예 없다는 말입니까?"

그는 또 한동안 입을 다물었다. 내가 그에게 말했다.

"아마 당신 생각에 그렇다는 거겠지요."

그러자 그가 얼굴을 붉히며 말했다.

"누구든 자기 식으로 생각하게 되어 있는 겁니다. 완전한 자유란, 사느냐 죽느냐에 대해 아무래도 좋다고 여기게 되었을 때 올 수 있는 겁니다. 그게 모든 것의 목표이지요."

"아니, 그게 목표라고요? 그렇다면 아무도 살 수 없고, 심지어 살기를 원하지도 않겠군요."

"그렇습니다. 그 누구도……." 그는 조금도 망설이지 않고 대답했다.

나는 그에게 반박했다.

"사람들이 죽음을 두려워하는 건 삶을 사랑하기 때문입니다. 내가 이해하는 한 그렇습니다. 자연이 바라는 것도 바로 그런 것이고요."

"그건 사기이고 비열한 짓입니다!" 그가 눈에 불꽃을 일으키며 내 말을 반박했다. "삶은 고통입니다. 삶은 두려움입니다. 인간은 불행합니다. 고통과 두려움밖에 없어요. 사람들은 고통과 두려움을 사랑하기 때문에 삶을 사랑하는 겁니다. 이제까지 죽 그렇게 해왔어요. 고통과 두려움의 대가로 삶이 주어진 것이며 바로 그것이 기만입니다. 지금의 인간은 아직 바람직한 인간이 아닙니다. 언젠가 새로운 인간, 행복하고 자신감에 찬 인간이 나타날 겁니다. 사느냐 죽느냐는 아무 상관 없는 인간, 바로 그 인간이 새로운 인간입니다. 고통과 두려움을 극복한 인간, 그가 신(神)이 될 겁니다. 그리고 다른 신은 더 이상 존재하지 않게 될 겁니다."

"당신은 그런 신이 존재한다고 믿습니까?"

"그는 존재하지 않으면서 존재합니다. 돌 자체에는 고통이 없습니다. 하지만 돌에 대한 공포 속에는 고통이 있습니다. 죽음은 돌과 같습니다. 신은 죽음에 대한 공포에서 비롯된 고통입니다. 고통과 공포를 극복하는 사람은 그 자체로 신이 될 수 있습니다. 그때는 새로운 삶이…… 새로운 인간이…… 모든 것이 새롭게……. 그러면 역사는 둘로 나뉘게 될 겁니다. 고릴라에서 신을 제거하기까지……. 그리고 신의 제거 이후……. 어쨌든 최고의 자유를 누리는 사람은 자살을 할 수 있어야 합니다. 그만이 기만의 비밀을 알 수 있습니다."

"그렇다면 이제까지 자살했던 수많은 사람들은?"

"그들은 최고의 자유와는 거리가 먼 사람들입니다. 그들은 한결같이 공포를 안고 자살했을 뿐이지 공포를 죽이기 위해서 자살하지 않았습니다. 공포를 죽이기 위해서 자살하는 사람, 오로지 그만이 신이 될 수 있습니다."

"아마 그런 때는 오지 않을 겁니다." 내가 그에게 말했다.

그러자 그가 아주 침착하게 대답했다.

"아무래도 상관없습니다. 저를 비웃으시는 것 같군요."

나는 그냥 빙그레 웃으며 자리에서 일어나 모자를 집어 들었다. 그는 대문까지 나를 바래다주었다. 나는 속으로 '완전히 미친 사람이로군'이라고 중얼거렸다.

나는 스테판의 집으로 갔다. 그는 극도로 초조한 상태에서 나를 기다리고 있었다. 그는 한 시간 전에 리자의 집으로부터 돌아와 있었던 것이다. 그는 마치 술에 취한 것 같았다. 나는 최소한 처음 5분간은 그가 술에 취한 게 틀림없다고 믿었다. 오오, 저 드로즈도프 부인 댁을 방문하고 나서 그의 혼백이 온통 날아가버렸던 것이다. 그가 나를 보자 넋두리하듯 말했다.

"오, 내 친구여! 이제 완전히 갈피를 못 잡겠어……. 난 리자를……. 그 천사를……. 이전과 똑같이 사랑하고 떠받드는데……. 그런데 리자와 그녀의 어머니, 두 여인은 오로지 내게서 뭔가 알아내려고 나를 기다렸던 것 같아. 오로지 그 목적으로만……."

"아니, 그런 말을 하다니 부끄럽지도 않으세요?" 내가 참지 못하고 격하게 소리쳤다.

"오, 나의 벗이여! 이제 나는 완전히 혼자라오."

이어서 그는 온갖 프랑스어 표현을 섞어가며 그 집에서 있었던 일, 아니 그 집에서 있었던 일이라기보다는 그녀들이 그에게 보인 행동에 대한 자신의 감정을 길게 늘어놓았다. 나는 독자 여러분을 위해 그의 긴 푸념을 되풀이하지 않으련다. 다만 그의 말대로 두 여인은 니콜라이에 대해 시시콜콜 물어보았으며 특히 4년 전 이곳에서 있었던 일에 대해 비상한 관심을 보였다는 사실만 지적하기로 하자. 그렇지 않아도 의혹에 휩싸여 있던 스테판의 심정이 어떠했을지는 독자 여러분의 짐작에 맡긴다.

리자의 집 방문에 대한 푸념을 한참 늘어놓은 후 그는 좀 전에 받은 편지를 꺼내어 내게 보여주었다. 바르바라로부터 온 편지였다. 편지는 정중했지만 짧고 단호했다. 그녀는 스테판에게 일요일인 모레 정오에 와달라고 썼다. 나도 함께 와달라고 했으며 다샤의 오빠인 샤토프도 부르겠다고 했다. 편지는 이렇게 끝을 맺고 있었다.

당신은 그 애에게서 최종적인 답을 듣게 될 거예요. 그 정도면 됐지요? 당신이 진심으로 원했던 게 이런 형식적인 절차 아니었나요?

내가 편지를 읽고 나자 그가 말했다.

"마지막 문장에 얼마나 짜증이 담겨 있는지 한번 봐. 오, 가련한, 가련한 내 생애의 친구여! 아아, 내 뜻과 상관없이 돌연 결정되어버린 내 운명, 그 운명이 나를 짓누르는 것 같아……. 이제 모든 게 결판난 거야……. 아, 끔찍해……. 이번 일요일 자체가 아예 없어질 수 있다면!"

"좀 전에 리푸틴이 와서 했던 헛소리 때문에 제정신이 아니시군요."

"어찌 그 다정한 우애의 손가락으로 내 아픈 곳을 찌르는가? 난, 그런 건 이미 잊었어. 아니, 다 잊은 건 아니지만……. 어쨌든 리자의 집에 있을 때 난 행복하려고 애썼고, 내가 행복하다고 나를 설득하려고 애썼지. 아, 그래! 리자도 다샤가 천사 같은 사람이라고 칭찬하더군. 그런데 뭐라고 했는지 아나? '다샤는 천사예요. 하지만 뭔가 감추고 있는 천사지요.' 그리고 또 이렇게 말했어. '그런데 왜 결혼을 하시려는 거지요? 선생님은 학문의 즐거움만으로 충분하실 텐데.' 게다가 무슨 익명의 편지를 받았다는 이야기도 했어. 생각해보게. 글쎄, 니콜라이가 레뱌드킨에게 영지를 판 것 같다는 소리가 들린다는 거야. 그 괴물 같은 놈에게……. 그런데 그 레뱌드킨은 도대체 어떤 작자야?"

그는 지쳤는지 입을 다물었다. 생각도 오락가락하는 것 같았다. 그가 눈을 마룻바닥에 고정시킨 채 머리를 떨구고 앉아 있는 틈을 타서 나는 내가 샤토프를 만나러 가서 벌어진 일을 이야기한 후 레뱌드킨에 대해 알고 있던 이야기를 해주었다.

나는 레뱌드킨의 누이를 본 적이 없지만, 니콜라이가 리푸틴의 표현대로 수수께끼 같은 생활을 하던 시절 그녀가 니콜라이의 희생양 비슷한 게 된 적이 있는 것 같다고 냉정하게 말해주었다. 그때부터 레뱌드킨이 니콜라이에게서 돈을 받아왔음 직하고 그게 전부일 뿐이라고 나는 덧붙였다. 또한 키릴로프의 확언에 따르면 다샤에 관한 리푸틴의 이야기는 모두 헛소리라고 말해주었다. 말이 나온 김에 나는 키릴로프가 해준 이야기를 들려주며 그가 아무리 봐도 미친 것 같다고 말했다. 그러자 스테판이 조금은 따분하다는 듯 말했다.

"미친 게 아니야. 생각이 짧은 거지. 그런 사람들은 자연과 인간 사회를 신이 만든 것, 실제로 존재하는 것과는 다른 것으로 간주해. 그런 사람들과 시시덕거리는 사람들도 있지만 적어도 이 스테판은 안 그래. 그리고 그런 이야기에는 놀라지도 않아. 전에 페테르부르크에 있을 때도 그랬어. 어쨌든 그런 이야기는 그만……. 오, 아무래도 내가 끔찍한 짓을 저지른 것 같아.

어제 다샤에게 편지를 하고 말았으니……."

"대체 무슨 이야기를 쓰셨는데요?"

"오, 벗이여! 그게 모두 고결한 동기에서 비롯되었다는 걸 믿어주겠지? 난 그녀에게 내가 5일 전에 니콜라이에게 편지를 쓴 사실도 알렸다네."

"아, 이제 알겠네요." 나는 화가 나서 외쳤다. "도대체 당신이 무슨 권리로 둘을 그렇게 연결시킨단 말입니까?"

"이보게, 나를 그렇게 몰아붙이지 말게. 그렇게 소리 지르지 말라고……. 그렇지 않아도 바퀴벌레처럼 이렇게 짓눌려 있는데……. 자, 한번 가정해보세. 그곳 스위스에서 정말 뭔가 있었다면…… 아니, 최소한 뭔가 시작되었다면…… 나로서는 그들의 속마음이 어떤지 물어봐야 하지 않겠나? 내가 그들에게 거추장스러운 존재가 되지 않도록."

"맙소사! 무슨 멍청한 짓을!" 나는 나도 모르게 외쳤다.

"멍청했지, 암, 멍청했어! 하지만 이제 와서 어떻게 하겠나? 이미 결판이 났는데……. 어쨌건 나는 결혼할 건데……. 비록 '타인의 죄'와 하는 것이지만……. 오, 결혼! 이게 도대체 뭐란 말인가! 이건 오만한 영혼, 독립적 정신의 죽음 외에 아무것도 아니야. 나는 방탕에 빠질 것이고 남성적 기상과 에너지를 빼

앗길 거야. 그리고 아이들이 생기겠지. 내가 아버지가 아닌 아이들이……. 현명한 자는 진실과 마주하는 것을 두려워하지 않는 법이야! 아, 모레, 일요일이 완전히 없어지면 왜 안 된단 말인가!"

마지막 소리를 지르면서 그는 완전히 절망에 빠져 있었다. 그는 계속 절규하듯 외쳤다.

"왜 이 한 주만이라도 일요일 없이 존재하면 안 된단 말인가! 오, 내가 그녀를 얼마나 사랑했던가! 20년 동안, 20년 내내! 그런데도 그녀는 나를 전혀 이해해주지 않았어!"

"아니, 누구 이야기를 하시는 겁니까? 무슨 말씀이신지 도통 이해를 못 하겠어요."

"20년 동안! 그런데도 그녀는 나를 단 한 번도 이해해주지 않았어! 오, 이렇게 잔인할 수가! 그런데 내가 두려움 때문에, 궁핍 때문에 다른 여자와 결혼할 수 있다고 믿는단 말인가! 오, 치욕이여! 오! 나는 그대를 위해서……. 오, 그녀에게, 그녀가, 내가 20년 동안 유일하게 사랑했던 여자라는 걸 알려야 해! 그러지 않고는 결혼할 수 없어! 나를 강제로 화촉 앞으로 끌고 갈 수밖에 없을 거야!"

내가 그에게서 그토록 정력적인 고백을 들은 것은 그때가 처음이었다. 나는 터져 나오는 웃음을 참느라 힘이 들었다는 고백을 해야만 하겠다. 내가 나빴다.

그때 그가 갑자기 손뼉을 치며 외쳤다.

"그래, 이제 그 애밖에 없어! 그 애만이 유일한 희망이야! 이제 불쌍한 내 자식만이 나를 구원해줄 수 있을 거야. 오, 그 애는 왜 오지 않는 거지? 오, 내 아들 페트루샤! 나는 아비라 불릴 자격도 없는 놈이지만…… 차라리 호랑이 같은 놈이라 불리는 게 어울리겠지만…….

오, 친구여, 이제 나를 혼자 있게 해주게. 누워서 생각을 좀 해봐야겠어……. 정말 너무 피곤해……. 그리고 자네도 가서 자야 하잖아……. 벌써 자정이로군."

제4장 절름발이 여인

1

정오가 되자, 샤토프는 내가 쪽지에 적은 대로 순순히 리자베타의 집에 나타났다. 우리는 함께 집 안으로 들어갔다.

우리가 집 안으로 들어섰을 때 리자와 그녀의 엄마 프라스코비야, 리자의 약혼자 마브리키는 함께 큰 홀에 앉아 있었다. 모녀는 심한 말다툼 중이었다. 프라스코비야는 요즘 발이 퉁퉁 부어올라 걷기조차 힘들었다. 안 그래도 변덕이 심했던 그녀는 그 때문에 매사에 신경질이었고 트집만 잡았다.

우리가 도착하자 그들은 말싸움을 그쳤다. 리자는 우리를 반갑게 맞은 후 어머니에게 소개했다. 우리와 인사를 나눈 뒤 프라스코비야는 우리를 홀에 남겨둔 채 안으로 들어갔다. 그러자 리자가 내게 말했다.

"안톤 라브렌치예비치 씨, 내가 샤토프 씨와 이야기 나누는 동안 당신은 마브리키와 말씀 나누고 계세요. 두 분이 친해지면 두 분에게 다 도움이 될 거예요."

나는 어쩔 수 없이 마브리키와 있을 수밖에 없었다. 하지만 그와 이야기를 나누면서도 나는 리자와 샤토프의 대화에 귀를 기울였다. 실은 귀를 기울일 필요도 없었다. 우리가 다 들어도 좋다는 듯 둘은 큰 소리로 대화를 나누고 있었던 것이다.

나는 리자가 샤토프와 그녀 말대로 문학과 관련된 사업 이야기를 하는 것을 보고 깜짝 놀라고 말았다. 그것은 그냥 핑계일 뿐 정작 하고 싶은 말은 따로 있는 줄 알았던 것이다.

그녀는 샤토프에게 오래전부터 썩 쓸모 있는 책을 출간할 계획을 세워왔지만 자신은 경험이 없기에 동업자가 필요했다고 말했다. 그녀는 사업에 대해 그에게 진지하게 설명했고, 샤토프는 방만하고 나태한 사교계 아가씨가 그녀에게 전혀 어울릴 법하지 않은 그런 일에 착수한다는 게 조금도 놀랍지 않다는 듯 귀를 기울인 채 열심히 듣고 있었다.

그녀의 사업 구상이란, 러시아 전역에서 수없이 발간되는 신문 잡지에 나오는 내용들을 일정한 기획안에 따라 구분하고 선별해서 매년 1권씩 출간한다는 것이었다. 사안의 중요성을 기준으로 모든 것을 총망라하는 것이 아니라 '시대를 정확히 묘사할 수 있는 내용, 일정한 시각과 방향, 의도를 가졌으며 계몽적인 성격을 지닌 내용'을 골라서 수록해야 한다는 것이 그녀의 생각이었다.

"모든 사람들이 그 책을 사게 만들 거예요. 어느 식탁에서나 눈에 띌 수 있는 책이 되게 할 거예요." 긴 설명이 끝난 후 그녀가 선언하듯 말했다.

그러자 샤토프가 말했다.

"말하자면 어떤 정치적인 경향성에 따른 책이 되겠군요. 미리 이념을 정해놓고 거기에 따라서 내용들을 모아놓으면 되겠네요."

"절대로 아니에요. 우리가 모아놓은 것들은 정치적 경향성이 필요 없고 그래서도 안 돼요. 오직 공정함만이 경향이라면 경향이에요."

"뭐, 경향성이 반드시 나쁜 것만은 아닙니다. 게다가 무언가를 선택하다보면 경향성을 피할 수도 없어요. 사건들을 어떤 식으로 모으고 어떤 식으로 다루느냐 하는 방법 자체가 이미 하나의 평가와 같으니까요. 어쨌든 나쁘지 않은 생각입니다."

"어때요? 가능하겠어요?"

"좀 생각해봐야겠군요. 아주 방대한 작업이니까요. 경험도 필요합니다. 어쨌든 아이디어는 훌륭합니다."

그 말을 하면서 샤토프는 고개를 들었다. 두 눈이 만족감으로 반짝이고 있었다. 그는 흥미를 느꼈던 것이다.

"이 모든 걸 다 당신이 생각해낸 겁니까?" 샤토프가 리자에게 물었다.

"아이디어가 뭐 그리 중요하겠어요? 실행이 중요하지. 저 혼자서는 아무것도 할 수 없어요. 그래서 동업자 생각을 하게 된 거예요. 어때요. 이 책의 공동 출판자가 될 생각 없으세요? 당신이 잡지에 대한 기획과 구상을 하고……. 책이 잘 팔려 이익이 생기면 이익을 반씩 나누고……."

"아니, 제가 이런 일을 할 수 있으리라는 생각을 어떻게 하시게 된 겁니까?"

"누군가 당신 이야기를 했고, 또 여기서도 귀에 들어왔고……. 당신이 머리가 좋고 생각도 깊다고……. 스위스에서 표트르 스테파노비치 베르호벤스키 씨가 당신 이야기를 했어요. 그분도 머리가 좋지요?"

샤토프는 순간적으로 그녀를 흘낏 바라보더니 눈길을 낮추었다.

"니콜라이 프세볼로도비치 스타브로긴 씨도 당신 말을 많이 해주셨어요."

순간 샤토프의 얼굴이 새빨개졌다.

그때 그녀가 갑자기 그가 사는 곳이 어디인지 물었다. 그가 대답했다.

"보고야블렌스카야 거리에 있는 필리포프 소유의 집에 살고 있습니다."

"알고 있어요. 그곳에 레뱌드킨인가 하는 사람이 산다지요? 여동생도 함께 살고 있고……. 그가 여동생에게 폭군처럼 군다고 하던데 사실인가요?"

하지만 샤토프는 그녀의 말에는 아무 대답도 않더니 갑자기 입을 열어 아주 낮은 목소리로 속삭이듯 말했다.

"이런 일이라면 다른 사람에게 맡기는 게 낫겠습니다. 제가 별 도움이 되지 않을 테니까요."

그는 갑자기 화가 난 듯 밖으로 나가버렸다. 그러자 마브리키 니콜라예비치가 큰 소리로 한마디 했다.

"정말로 이상한 사람이로군."

사실이었다. 그는 정말 이상하게 행동했다. 하지만 여기에는 분명 뭔가 석연치 않은 점이 있었으며, 뭔가 그 속에 숨겨진 것이 있는 것 같았다. 어쨌든 나도 떠나야겠다고 마음먹고 인사를 나눈 후 밖으로 나왔다.

그런데 내가 밖으로 나와 계단을 내려가고 있을 때였다. 갑자기 하인이 내 뒤를 허겁지겁 쫓아왔다.

"마담께서 제발 다시 들어와주십사 하고……."

"누군지 정확히 말하게. 마님 말인가, 아니면 리자베타 아가씨 말인가?"

"아가씨이십니다요."

내가 다시 안으로 들어가니 리자는 방금 전에 우리가 있었던 홀이 아니라 그 옆방에서 나를 기다리고 있었다. 마브리키는 홀에 그대로 있는 모양이었고, 홀로 통하는 문은 굳건히 닫혀 있었다.

리자는 나를 보고 미소 짓고 있었지만 안색은 창백했다. 그녀는 방 한가운데 서 있었으며 분명 망설이고 있는 듯, 뭔가 갈등을 겪고 있는 듯 보였다. 그런데 그녀가 갑자기 내 팔을 잡더니 한마디 말도 없이 나를 창가로 데려갔다.

"저는…… 당장…… 당장…… '그녀'를 보고 싶어요." 리자는 그 어떤 반박도 받아들이지 않을 것 같은 강렬한 눈길을 내게 보내며 속삭였다. "내 두 눈으로 '그녀'를 직접 봐야겠어요. 제발 좀 도와주세요."

그녀는 너무나 흥분해서 정신을 차릴 수 없는 지경이었다.

"저…… 누구를 보고 싶으시다는 거지요?" 나는 오싹한 기분을 느끼며 그녀에게 물었다.

"그 레뱌드키냐……. 레뱌드킨의 누이……. 그 절름발이……. 다리를 전다는 게 사실인가요?"

나는 아연할 수밖에 없었다. 나는 숨도 제대로 쉬지 못한 채 헐떡이듯 말했다.

"한 번도 보지를 못해서……. 하지만 들리는 얘기로는 그렇다고……."

"그녀를 꼭 봐야겠어요. 오늘 만남을 주선해주실는지요?"

"그건 불가능합니다. 그리고 어떻게 해야 할지도 모르겠고……. 우선 제가 샤토프에게 가서……."

"당신이 내일까지 저를 도와주지 않으면 저 혼자라도 가겠어요. 마브리키도 거절했으니……. 샤토프에게는 공연히 그녀 이야기를……."

나는 그제야 그녀가 샤토프를 만나고자 했던 진짜 이유를 알 수 있을 것 같았다. 하지만 리자가 왜 레뱌드킨의 누이 마리야 레뱌드키냐를 만나려 하는지는 도무지 짐작조차 할 수 없었다.

결론부터 말하자. 나는 그녀의 부탁을 받아들였다. 나는 그녀의 간절한 표정을 보고 그녀가 가여웠다. 무슨 비밀이 숨어 있는지 알고 싶은 호기심은, 정말이지 조금도 없었다. 나는 도대체 그 일을 어떻게 성사시켜야 할지 전혀 종잡을 수도 없는 가운데 다음 날 3시에 그녀에게 오겠다고 약속했다.

'그래, 어쨌든 가보는 거야. 그리고 샤토프에게 도움을 받아야지.'

나는 샤토프의 도움을 받을 수 없으리라 확신하면서도 그의 집을 향해 달려갔다.

2

하지만 내가 그의 집에서 그를 만날 수 있었던 것은 저녁 7시가 지나서였다. 그런데 놀랍게도 그의 집에는 두 명의 손님들이 있었다. 우리가 알고 있는 키릴로프 외에 쉬갈료프라는 또 다른 인물이 있었다. 쉬갈료프는 우리 모임 중의 한 명인 비르긴스키의 처남으로서 두 달 전쯤부터 우리 도시에 머물고 있었다. 그에 대해서는 나중에 다시 말할 기회가 있으니 자세한 이야기는 미루기로 하자. 다만 내 평생 그렇게 음울하고 음산한 인간은 본 적이 없다는 사실만 밝힌다. 그는 마치 세계의 종말을 정확하게 계산하고 기다리는 사람 같았다. 샤토프가 손님을 별로 좋아하지 않는 성격임을 잘 알고 있던 나였기에 그의 집에서 쉬갈료프의 모습을 보고 나는 놀랐다.

세 사람은 말다툼을 하고 있었는지, 내가 계단에 첫발을 내딛자 그들이 높은 목소리로 한꺼번에 말을 하고 있는 소리가 들렸다. 하지만 내가 나타나자마자 그들은 모두 입을 다물었다. 그리고 내가 자리에 앉자 둘은 인사도 없이 밖으로 나갔다. 다만 나가면서 쉬갈료프가 샤토프에게 "나중에 분명히 해명할 게 있다는 걸 명심하게"라고 말했을 뿐이었다.

그들이 밖으로 나가자 샤토프가 문을 쾅 닫으며 말했다.

"해명 좋아하시네! 그런 걸 내가 할 줄 알고!"

이어서 그는 일그러진 미소를 띠고 나를 바라보며 말했다.

"주둥아리들만 살아서……."

나는 얼른 그의 말을 받았다.

"어제 알렉세이 키릴로프 집에서 차를 마셨어요. 무신론에 완전히 푹 빠진 사람 같던데…….”

“러시아 무신론은 그저 말장난만도 못해요.” 그가 양초를 갈아 끼우면서 말했다.

“글쎄, 내가 보기에 말장난 같지는 않던데요. 말장난이라기보다는 자기 생각을 단순하게 표현하지 못한달까…….”

“종이로 만든 사람들이에요. 사상의 노예근성에 젖은 사람들……. 게다가 증오심까지 갖고 있어요. 만일 그들 생각대로 러시아가 개혁된다 하더라도, 혹은 어쩌다 러시아가 부유해지고 행복해진다 하더라도 제일 먼저 끔찍하게 불행해질 사람들이에요. 증오할 인간이, 침을 뱉어줄 대상이 없어졌으니……. 그러고는 끝없이 러시아를 증오하겠지……. 러시아라는 생명체를 좀먹는 증오……. 뭐! 겉에 보이는 웃음 뒤에 숨어 흐르는 눈물을 찾는다고? 우리나라에서 그 보이지 않는 눈물 운운하는 말보다 더 사기 같은 말은 결코 없었어요.” 그는 화를 참을 수 없다는 듯 목소리를 높였다.

나는 웃으며 말했다.

“어휴, 좀 심한 말 아닌가요?”

그러자 그도 미소를 지었다.

“당신은 ‘온건한 자유주의자’이지요. 하긴 내가 쓸데없는 말을 지껄였는지도 모르겠네요. 어쨌든 그는 아메리카에 누워 있다가 저런 병을 얻은 거예요."

"누구 말입니까?"

"키릴로프 말입니다. 나랑 둘이 아메리카 오두막 마룻바닥에 넉 달 동안 뻗어 있었으니까요."

"아니, 당신과 키릴로프가 아메리카에 갔었단 말입니까? 그런 이야기는 한 적이 없잖아요."

"그런 걸 굳이 말할 필요가 있나요? 작년에 '아메리카 노동자의 삶을 직접 체험해보고, 가장 힘겨운 사회적 상황에 처한 인간의 모습을 개인적으로 직접 체험해보기 위해' 주머닛돈을 탈탈 털어 증기선에 올랐던 거지요."

이어서 그는 그곳에서 노동자 일을 하면서 착취를 당한 경험, 돈 한 푼 없이, 아무 일도 하지 않은 채 키릴로프와 마룻바닥에서 뒹굴던 일에 대해 이야기했다.

"그런데 그때 얻은 결론이 뭔지 알아요? 아니, 결론이라기보다 미리 정해둔 원칙이 있었던 거지요. '우리 러시아인은 아메리카인에 비해볼 때 어린아이에 불과하다. 우리가 그들 수준에 오르기 위해서는 아메리카에서 태어나든지 그들과 오랜 세월 함께 지내야 한다.' 그러니 어떻게겠어요? 1코페이카짜리 물건값으로 1달러를 내라고 해도 아주 기꺼이, 심지어 열광하며 지불했어요. 우리는 아메리카의 모든 것을 다 찬양했어요. 강신술, 린치 제도, 권총, 부랑자까지도…….

"그런 게 머리로는 가능할지 몰라도 실제로 벌어진다니 참 이상하군요."

"그래서 내가 종이로 만든 사람들이라고 말한 겁니다. 우리 러시아는 종이로 만든 사람들 천지예요."

"아무리 그래도 광활한 대양을 건널 때는 개인 체험을 위한 것이라기보다는 뭔가 영혼의 울림, 광대한 포부 같은 게 있었을 겁니다. 참, 그런데 아메리카에서는 어떻게 나올 수 있었지요?"

"유럽에 있는 어떤 사람에게 편지를 했습니다. 내게 100루블을 보내주었지요."

그는 바닥을 내려다보다가 갑자기 고개를 들더니 말했다.

"그런데 혹시 그 사람 이름이 궁금하지 않아요?"

"누구인가요?"

"니콜라이 스타브로긴. 아직 돈을 돌려주지 못했어요."

나는 조금 의아했다. 우리 도시에서는 2년 전, 그러니까 샤토프가 아메리카에 있을 때, 그의 아내와 니콜라이가 파리에서 수상한 관계였다는 소문이 돌았던 것이다. 물론 그때는 이미 샤토프의 아내가 남편을 제네바에 남겨둔 채 그 곁을 떠나고 한참 뒤이긴 했다. 어쨌든 샤토프가 그런 니콜라이의 이름을 묻지도 않았는데 미리 들먹인다는 것이 내가 보기에는 이상했다.

내가 잠시 생각에 잠겨 잠자코 있자 그가 다시 말했다.

"아 참, 딴 이야기만 했네. 당신 분명히 뭔가 볼일이 있어서 온 거지요? 무슨 일이지요?"

나는 가능한 한 상세하게 이곳에 오기까지의 사정을 그에게 말해주었다. 그는 주의 깊게 귀를 기울이더니 말했다.

"그러니까 마리야를 보러 오셨다, 직접 보겠다, 이겁니까?"

나는 자리에서 벌떡 일어났다.

"바로 그겁니다. 어떻게 해야 하지요?"

"그녀가 혼자 있을 때 가보면 되지요. 그자가 돌아와서 우리가 다녀갔다는 걸 알면 그녀를 때릴 겁니다. 나는 이따금 그녀를 몰래 만나곤 합니다. 가끔 그자가 그녀를 때리는 걸 힘으로 막기도 해요. 자, 가봅시다."

그가 이렇게 선선히 돕다니! 나는 탄성이 나오는 걸 참아야 했다. 우리는 즉시 아래로 내려갔다.

레뱌드킨의 집은 문이 닫혀 있었지만 잠겨 있지는 않았다. 그들의 집이라고 해봐야 지저분하기 짝이 없는 방 두 칸이 전부였다. 주인 필리포프가 주점을 새 건물로 옮기기 전까지 주점으로 사용하던 곳이었다. 레뱌드킨이 처음에 이곳에 왔을 때는 그야말로 여기저기 빌어먹고 다녔다. 그런데 뜻밖의 돈이 생기자 이 집을 얻은 것이다. 하지만 그는 아예 술에 절어 살고 있었기에 살림살이는 완전히 엉망진창이었다.

마리야 레뱌드키냐는 두 번째 방 한 귀퉁이 의자에 얌전히 앉아 있었다. 우리가 문을 열었을 때도 그녀는 말을 한마디도 하지 않았고 움직이지도 않았다. 희미한 불빛 아래서, 나는 원피스를 입고 있는 서른 살 정도의 야윈 여인의 모습을 겨우 알아볼 수 있었다. 그녀의 성긴 머리칼은 어린아이 주먹만 한 크기로 돌돌 말린 채 목덜미 뒤에 묶여 있었다.

그녀는 명랑한 표정으로 우리를 바라보았다. 그녀 앞의 탁자 위에는 촛대 외에도 테두리가 나무로 된 작은 손거울, 낡은 카드, 가요집, 뜯어 먹다 만 작은 하얀 빵이 놓여 있었다. 자세히 보니 그녀는 얼굴에 하얗게 분칠을 하고 있었으며 빨갛게 연지를 바르고 입술에도 무언가 바르고 있었다. 하얗게 분칠을 했음에도 불구하고 이마에는 세 줄기 주름이 깊고 길게 파여 있었지만, 조용하고 부드러운 회색 눈은 지금도 아름다웠다.

그녀의 오빠가 그녀에게 행사하는 폭력에 대해 이미 들은 바 있던 나는 은은한 기쁨이 배어 나오는 그녀의 미소에 그만 놀라고 말았다. 그녀 앞에서는, 신에 의해 버림받고 벌받는 존재를 볼 때 으레 느끼게 되는 두려움과 혐오감이 전혀 들지 않았다. 대신, 그녀를 처음 보자마자 나는 거의 기쁜 마음으로 그녀를 바라보았다. 그녀가 내게 불러일으킨 것은 혐오감이 아니라 연민이었다.

샤토프가 내게 고개를 돌리고 말했다.

"저런 식으로 하루 종일 혼자 꼼짝 않고 앉아 있습니다. 카드점을 치거나 거울을 들여다보면서요. 그자는 먹을 것을 주지도 않아요. 이따금 별채에 있는 할멈이 '그리스도의 사랑'으로 이따금 먹을 걸 갖다줄 뿐이지요. 도대체 어떻게 저런 식으로 혼자 내버려둘 수 있는 건지!"

그의 목소리가 들리자 그녀가 상냥하게 말했다.

"안녕, 샤투쉬카(샤토프의 애칭)!"

"마리야 티모페예브나, 내가 당신에게 손님을 데리고 왔어." 샤토프가 대답했다.

"어머, 영광이네. 그런데 누굴 데려온 거야? 전에 본 사람 같지 않은데." 그녀는 촛불 뒤에서 나를 조심스럽게 바라보며 말했다. 그러고는 곧바로 샤토프를 향해 이야기를 시작했다(대화가 진행되는 동안 그녀는 마치 내가 앞에 있다는 것을 잊은 듯, 내게는 조금도 주의를 기울이지 않았다).

그녀는 샤토프와 이런저런 사소한 이야기를 나누더니 점을 치기 시작했다. 그러자 샤토프가 내게 말했다.

"매일 신경 발작이 일어나서, 전에 있었던 일을 다 잊어버려요. 그러니 레뱌드킨이 아무리 때려도 그를 하나도 무서워하지 않아요. 그리고 그를 하인으로 생각하고 막 명령을 해요. 그러면 레뱌드킨이 또 때리지만, 그 순간이 지나면 그만이에요. 저렇게 점을 치기 시작하면 앞에 누가 있는지도 잊고 점에 몰두해요. 매사가 그래요. 굉장한 몽상가지요. 여덟 시간 동안 하루 종일 같은 자리에 앉아 있으니까요. 저기 빵이 있지요? 저 작은 빵을 내일 아침까지 먹을 겁니다."

"점을 친다, 점을 쳐……. 그런데 이상하군. 매번 똑같은 게 나와. 여행, 나쁜 사람, 누군가의 배반, 죽음의 침대, 어디선가 온 편지, 예기치 않던 소식……. 내가 보기에는 전부 거짓 같은데……. 샤투쉬카, 당신 생각은 어때?"

그녀는 다시 카드를 섞더니 말했다.

"남자들도 거짓말을 하는데 카드라고 거짓말을 안 하겠어? 내가 언젠가 프라코비야 수녀님에게 그 이야기를 했지. 아주 훌륭한 수녀님인데, 내 방으로 뻔질나게 왔었지. 카드 점을 쳐 달라고……."

이어서 그녀는 도무지 종잡을 수 없는 이야기를 한참 길게 늘어놓았다. 긴 이야기 끝에 그녀는 이런 이야기를 했다.

"우리 수도원 옆에 산이 하나 있어. 우리는 그 산을 '뾰족 산'이라고 불렀어. 나는 그 산으로 올라가. 나는 동쪽으로 얼굴을 향하고 땅에 엎드려 울어. 얼마나 오래 울었는지 몰라. 일어나 뒤를 보면 태양이 지고 있어. 정말 멋져. 샤투쉬카, 해를 바라보는 거 좋아해? 정말 아름답지. 하지만 슬퍼. 금세 태양이 사라지고 모두 어둠 속에 잠겨. 그러면 나는 불안해져. 갑자기 기억이 되살아나고, 난 어두운 게 무서워. 어두워지면 나는 내 아가를 생각하면서 더 울어."

"정말 아이가 있었던 거야?" 샤토프가 팔꿈치로 나를 살짝 치면서 그녀에게 물었다. 그는 열심히 귀를 기울이며 그녀의 이야기를 듣고 있었다.

"그럼! 얼마나 귀여웠는데……. 장밋빛 얼굴……. 손톱은 얼마나 예뻤는데……. 슬프게도 사내앤지 계집앤지 기억이 안 나.

사내애가 떠오르기도 하고 계집애가 떠오르기도 해. 아이를 낳자마자 장밋빛 리본으로 아이를 동여맸지. 꽃으로 덮고 예쁘게 장식했어. 아이에게 기도를 하고는 세례도 받지 않은 아이를 숲으로 데리고 갔어. 나는 숲이 무서워. 내가 정말 무서운 건, 나를 울게 만드는 건, 아빠가 누군지도 모르는 아이를 가졌다는 거야."

"하지만 결혼은 했었지?" 샤토프가 조심스럽게 말했다.

"샤투쉬카, 그런 생각을 하다니 정말 웃겨. 남편이 있었을 수도 있지. 하지만 그게 무슨 상관이야? 없는 거랑 똑같았는데…… 별로 어렵지 않은 수수께끼니까 한번 풀어봐!" 그녀가 웃으며 대답했다.

"그런데 아이를 어디로 데려간 거야?"

"연못으로 데려가서 던져버렸지." 그녀는 한숨을 내쉬었다.

샤토프가 다시 내 옆구리를 찌르더니 그녀에게 말했다.

"하지만 혹시 당신에게 아이가 없었다면? 모든 것이 그냥 망상이라면?"

그녀는 그런 질문에도 전혀 놀라지 않았다. 그녀는 잠시 생각에 잠겨 있더니 말했다.

"샤투쉬카, 정말 어려운 질문을 하네. 하지만 아무 말도 하지 않을 거야. 아마 아이가 없었는지도 모르지. 하지만 상관없어. 난 계속 아이를 생각하면서 울 거야. 내가 그 아이를 꿈에서 봤던 걸까?"

굵은 눈물이 그녀의 눈에서 반짝 빛났다. 그녀가 샤토프에게 다시 말했다.

"그런데 샤투쉬카, 당신 마누라가 당신을 버렸다는데 정말이야? 화내지 마. 나도 마음이 아프거든. 샤투쉬카, 난 꿈을 꿨어. 그 사람이 다시 내게 왔어. 그 사람이 나를 목소리와 몸짓으로 불렀어. '우리 귀여운 작은 고양이, 이리 온!' 난 '귀여운 작은 고양이'라는 말이 얼마나 반가웠는지 몰라. 그 사람은 나를 사랑해. 정말 그럴 거야."

눈물이 그녀의 뺨을 타고 조용히 흘러내렸다. 둘 다 1분 정도 침묵하고 있었다.

갑자기 샤토프가 의자에서 일어나더니 마치 화가 난 듯이 말했다.

"에이, 내가 당신 일을 알아내서 뭣 하겠다는 거야!"

그는 내게 "자, 당신도 어서 일어나요"라고 말하더니 내가 미처 일어나기도 전에 내가 앉아 있던 의자를 빼내 원래 있던 자리에 갖다 놓았다.

"그자가 왔을 때 우리가 왔던 걸 모르게 해야 해요. 곧 올 겁니다."

"아이, 당신, 또 내 하인 이야기를 하네. 무서워하는구나! 자, 손님들 잘 가요. 참, 내가 재미있는 이야기 하나 해줄 테니 잠깐만…… 얼마 전에 이 집 주인 필리포프가 왔었어. 빨간 수염을 한 사람 말이야. 내 하인이 나한테 달려들려고 할 때였어. 그러자 주인이 하인 놈 머리카락을 움켜쥐고 방 안을 질질 끌고 다녔어. 불쌍한 하인 놈이 소리 질렀어. '내 잘못이 아냐! 다른 놈 잘못 때문에 내가 고생하는 거라고!' 얼마나 웃었는지……."

"아니, 그건 주인이 아니라 바로 나였어. 마리야, 당신이 혼동하고 있는 거야."

"그래? 정말 당신이었어? 하지만 아무려면 어때? 누구인지 하는 문제로 다툴 필요 없잖아? 그놈을 누가 때리건 무슨 상관이야?"

"자, 갑시다. 놈이 온 것 같아요. 대문 삐걱거리는 소리가 났어요. 우리를 보면 이 여자를 때릴 겁니다." 샤토프가 나를 끌어당겼다.

우리는 황급히 샤토프의 집으로 돌아갔다. 샤토프는 문을 잠근 뒤 계단 쪽에 귀를 기울였다.

"이런, 이리로 오고 있군! 내 이럴 줄 알았어."

잠시 후 문을 쾅쾅 두드리는 소리가 났다.

"샤토프, 문 열어! 문 열라니까!" 대위가 울부짖듯 말했다. 이어서 그는 큰 소리로 시를 읊조려대더니 다시 고함을 질렀다.

"샤토프, 이놈아! 이 추잡한 세상에 그래도 고상한 게 있다는 걸 네놈이 알겠냐?"

"쉿, 대답하지 말아요." 샤토프가 낮은 목소리로 속삭였다.

잠시 침묵이 흘렀다.

"이 병신 같은 놈아! 내가 사랑에 빠진 걸 모르지? 내가 연미복을 샀다고! 사랑의 연미복! 15루블이나 줬어. 이, 대위님의 사랑이라! 사람들의 존경을 받을 만하지 않냐? 문 열지 못해!"

그가 다시 난폭하게 문을 두드리며 고함을 질렀다. 그러자 그때까지 가만히 있던 샤토프가 갑자기 외쳤다.

"가버리지 못해! 이 악마 같은 놈!"

"이, 노예 같은 놈! 종 같은 놈! 네 동생 년도 노예에 종년이지! 도-오-둑 년!"

"넌, 네 누이를 팔아먹었어!"

"거짓말! 단 한 마디면 벗겨질 그따위 중상모략이야 얼마든지 참을 수 있지……. 너, 내 누이가 어떤 사람인지 알고나 하는 소리야?"

"어떤 사람인데?" 샤토프가 호기심이 발동한 듯 문 쪽으로 가까이 가며 물었다.

하지만 잠시 가만히 있던 대위는 "비-열-한 놈!"이라고 외치더니 비틀거리며 계단을 내려가버렸다.

"정말 교활한 놈이에요. 아무리 취해도 입을 다물 줄 안다니까. 자, 이제 당신도 가봐야지요?"

"그런데 이 모든 걸 제가 어떤 식으로 이해하고 받아들여야 하지요?"

"좋으실 대로 결론 내리십시오." 그는 귀찮다는 듯 대답했고, 나는 그의 집을 나섰다. 좀체 믿을 수 없는 일이 내 머릿속에서 점점 확고해지고 있었다. 나는 불안한 가운데 내일이라는 날에 대해 생각했다.

3

이 '내일이라는 날', 즉 스테판의 운명이 결정되도록 예정되어 있는 그 일요일은 나의 이 연대기에서 가장 중요한 날 중의 하나다. 그날 예상치 못했던 일들이 줄지어 일어났다. 여러 가지 점에서 의혹이 풀렸는가 하면 다른 짙은 의혹의 그늘이 생겼으며, 그동안 얽혀 있던 문제가 풀렸는가 하면 새롭게 뒤엉키기도 했다.

독자 여러분도 아시다시피 그날은 정오까지 내가 스테판과 함께 바르바라에게 가야 하는 날이었으며, 오후 3시에는 리자에게 보고를 하기 위해—무슨 보고를 해야 할지 나는 알 수 없었다—, 그리고 그녀를 돕기 위해—뭘 도와줘야 하는지 알 수 없었다—, 그녀에게 가야만 하는 날이었다. 그런데 모든 문제가 그 누구도 생각할 수 없는 방식으로 다 풀렸다. 한마디로 이날 하루는, 이상한 만남과 이상한 사건 들이 우연을 통해 서로 맞아떨어진 날이었다.

시작부터 이상했다. 나와 스테판은 정오 정각에 바르바라의 집에 갔지만 그녀를 만나지 못했다. 그녀가 성당에서 돌아오지 않은 것이다. 안 그래도 잔뜩 의기소침해 있던 스테판은 한 대 얻어맞은 꼴이 되고 말았다. 그는 기진해서 소파에 쓰러지듯 앉았다. 새하얗게 질려 손가락에 경련을 일으킬 정도였기에 나는 그에게 물을 권했다. 하지만 그는 정중하게 사양했다. 물을 마실 정신조차 없었다고 보아야 할 것이다. 그는 거의 무도회

의상 같은 드레스를 입고, 흰 넥타이를 맸으며 새 모자에 새 장갑을 착용한 데다 향수까지 뿌린 아주 세련된 차림이었다.

우리가 자리에 앉자마자 샤토프가 도착했다. 그는 인사차 손을 내미는 스테판을 외면한 채 구석 자리에 가서 앉았다. 스테판은 다시 한번 놀라 나를 쳐다보았다.

잠시 후 하인이 들어왔다. 분명 우리들의 동태를 살피기 위해서였다. 그러자 갑자기 샤토프가 그에게 물었다.

"알렉세이, 혹시 다샤가 함께 교회에 갔나요?"

"마님 혼자 가셨습니다. 다샤 아가씨는 2층 아가씨의 방에 계십니다. 몸이 썩 좋지 않으신 것 같습니다."

그때였다. 현관에서 마차 멈추는 소리가 들렸다. 우리는 모두 바르바라가 돌아온 걸 알고 황급히 자리에서 일어났다. 그러나 또 다른 놀라운 일이 우리를 기다리고 있었다.

우선 한 명의 발소리가 아니었다. 그것만으로도 놀라운 일이었다. 게다가 누군가 마치 달리기라도 하듯 빠르게 걷는 발소리였다. 평소의 습관대로라면 절대로 바르바라의 발소리일 리가 없었다. 그런데 갑자기 그녀가 극도로 흥분한 듯 숨을 헐떡이며 방으로 뛰어 들어오는 것이 아닌가! 그녀보다 조금 뒤처져서 훨씬 더 조용한 걸음걸이로 리자베타가 방으로 들어섰다.

그것도 충분히 놀랄 만한 일이었다. 하지만 놀랄 일은 거기서 그친 게 아니었다. 리자는 또 다른 여자의 손을 잡고 함께 들어섰던 것이다. 그 또 다른 여자가 누구였겠는가! 바로 마리야 티모페예브나 레뱌드키냐, 바로 그녀였던 것이다! 설사 내가 꿈속에서 그 장면을 목격했더라도 믿지 못했으리라!

어떻게 이런 이상한 일이 벌어졌는지 설명하려면, 한 시간 전으로 되돌아가 바르바라가 성당에 있을 때 그녀에게 일어난 이상한 사건들에 대해 먼저 자세히 이야기를 들려주어야 할 것이다.

우선 성당에는 도시 전체 사람들이 거의 다 모여들었다. 도시 전체 사람이란 물론 이 도시 상류층 사람들을 말한다. 현 지사 부인이, 그녀가 이 도시에 도착한 이래 처음으로 예배에 참석하리라는 것을 모두들 알고 있었던 것이다.

예배가 시작되고 신부의 설교가 한창 진행되고 있을 때였다. 한 필의 말이 끄는 구식 경(輕)사륜마차가 성당 쪽으로 달려오고 있었다. 마차에는 여인 한 명이 타고 있었다. 이윽고 마차가 성당 한구석에 멈춰 서고 여인이 마차에서 내렸다. 그녀가 마차에서 내려 성당 정문을 향해 걸어가자 사람들은 모두 놀라움 반, 조소 반의 눈길로 그녀를 바라보았다. 도대체 이런 여인이 어디서 튀어나왔단 말인가! 그것도 사람들이 득시글거리는 성당 앞에! 사람들은 모두 예기치 못한 일이 벌어질 것 같은 예감을 느꼈다.

그녀는 병적으로 야윈 몸에 다리를 약간 절고 있었으며, 얼굴에는 지나치게 두텁게 하얀 분칠을 하고 붉은 연지를 바르고 있었다. 맑은 9월이었지만 날씨는 아직 추웠다. 그럼에도 그녀는 낡아빠진 검은 원피스만 입은 채, 머플러도 숄도 두르지 않고 있었다. 벌거벗은 긴 목이 그대로 드러나 있었으며 목덜미에 매듭지어 묶어놓은 머리 다발에 조화 장미 한 송이가 덜렁 꽂혀 있었다.

차림새는 그렇게 이상했지만 그녀는 분명 생글거리고 있었다. 성당 안으로 들어간 그녀는 굉장히 재미있다는 듯 웃으면서 성당 안을 둘러보고 서 있었다.

이윽고 설교가 끝났다. 그녀는 십자가에 입을 맞춘 후 바로 출구로 향했다. 사람들은 모두 그녀에게 길을 비켜주었다. 그런데 그때 정말 이상한 일이 벌어졌다. 그녀가 사람들 사이를 비집고 나오더니 바르바라 앞에서 무릎을 꿇는 것이 아닌가! 좀처럼, 특히 많은 사람들 앞에서는 당황한 표정을 짓지 않는 바르바라는 엄중한 눈길로 그녀를 바라보았다.

바르바라는 자기 앞에 무릎을 꿇고 있는 여인을 찬찬히 살펴본 후 물었다. 그녀는 이 여인이 자신에게 경제적 도움을 청하는 가련한 사람일 거라고 생각하고 있음이 틀림없었다.

"아가씨, 원하는 게 뭐지요?"

청원자는 불안한 듯, 당황한 듯 바르바라를 부끄럽게 바라보다가 갑자기 웃음을 터뜨렸다.

"아니, 이분이 왜 이러는 거지요? 이분이 누구지요?" 바르바라는 주변을 둘러보며 물었다. 하지만 모두들 입을 다물고 있었다.

바르바라가 다시 그녀에게 물었다.

"불행하신가요? 도움이 필요해요?"

"제게 필요한 건……. 제가 온 건……." 그 '불행한 여인'은 끊기는 목소리로 더듬거렸다. "저는 다만, 다만 당신의 손에 입을 맞추고 싶어서……."

그녀는 다시 웃음을 터뜨렸다. 그녀는 마치 그 무언가를 간절히 바라는 어린아이처럼 조용한 눈길을 한 채 바르바라의 손을 잡으려고 팔을 뻗었다. 그러나 그녀는 갑자기 깜짝 놀란 듯 자신의 두 손을 얼른 뒤로 뺐다.

"오로지 그 때문에 왔다고요?" 바르바라는 동정 어린 미소를 짓더니 지갑에서 10루블짜리 돈을 꺼내어 미지의 여인에게 내놓았다. 여인은 그 돈을 받았다.

"저것 봐. 10루블씩이나!" 관중석에서 놀란 목소리로 누군가 수군거렸다.

"제발 손을……." 돈을 받은 '불행한 여인'은 손가락으로 지폐 귀퉁이를 잡은 채 중얼거렸다. 바르바라는 엄격한 표정으로 손을 내밀었다. 그러자 그 여인은 경건하게 입을 맞추었다. 그녀의 눈은 고마움과 환희로 빛나기 시작했다.

바로 그 순간 현 지사 부인을 비롯해 고관 나리들이 우르르 몰려나왔다. 현 지사 부인과 나리들은 어쩔 수 없이 군중 속에서 잠시 걸음을 멈추어야 했다.

"저런, 떨고 있잖아. 추운가보네요." 바르바라는 자신의 숄을 벗어 그 여인의 어깨에 걸쳐주며 어서 일어나라고 말했다. 그 여인은 일어났다.

"그런데 어디 살아요? 이분 어디 사는지 아무도 모르세요?" 바르바라는 주위를 둘러보며 말했다. 그러자 새롭게 나타난 사람들 중 누군가가 대답했다.

"레뱌드킨의 동생인 것 같아요. 보고야블렌스카야 거리에 있는 필리포프의 집에 살고 있어요. 모르긴 몰라도 감시를 피해

나온 걸 겁니다."

사람들을 두루 알고 있는, 심성 좋은 잡화상 주인 안드레예프였다.

"레뱌드킨? 들어본 것 같은데……. 고마워요." 바르바라가 안드레예프에게 감사를 표한 뒤 다시 여자에게 물었다. "아가씨, 당신이 마담 레뱌드키냐인가요?"

"아녜요, 나는 마담 레뱌드키냐가 아니에요."

"하지만 당신 오빠가 레뱌드킨 맞지요?"

"맞아요."

"자, 이렇게 해요. 우선 내 집으로 함께 갔다가 나중에 당신 집으로 보내주는 걸로……. 자, 나와 함께 갈래요?"

"어머, 좋아요." 마리야는 손뼉을 쳤다.

바로 그때였다. 누군가가 "이모, 저도 데리고 가줘요"라고 큰 소리로 말했다. 리자베타 니콜라예브나였다. 리자는 현 지사 부인과 예배를 왔다가 이 광경을 목격한 것이다.

"아니, 그게 무슨 소리니?" 현 지사 부인이 놀라서 리자에게 말했다.

"언니, 나 이모랑 갈래요. 엄마도 오라고 해주세요. 엄마도 이모 집에 가고 싶어 했어요."

그러더니 리자는 바르바라의 귀에 대고 속삭였다.

"이모, 나를 안 데려가면 막 소리 지르면서 마차 뒤에 매달릴 거예요."

바르바라는 뒤로 한 걸음 물러나면서 이 정신 나간 처녀를 예리하게 살펴보았다. 그리고 리자를 데려가기로 마음먹었다.

이윽고 마차가 출발했다. 성당에서 바르바라의 저택까지는 아주 가까웠다. 리자가 나중에 내게 들려준 말에 의하면 마리야 레뱌드키냐는 집에 이르는 3분 동안 내내 발작하듯 웃음을 터뜨렸다. 그리고 바르바라는 리자의 표현대로 '최면술에 빠진 것처럼' 앉아 있었다.

제5장 교활한 뱀

1

바르바라는 소파에 몸을 묻었다.

"자, 아가씨, 여기 앉아요." 바르바라는 방 한가운데 탁자 앞에 놓인 의자를 가리키며 마리야에게 말했다. 이어서 그녀는 스테판에게 말했다.

"스테판, 이게 어찌 된 거지요? 자, 이 여자를 봐요. 이게 무슨 일이지요?"

스테판은 제대로 입을 떼지 못하고 우물쭈물 더듬거릴 뿐이었다.

우리 모두 결말이 어떻게 날 것인지 기다리며 말없이 앉아 있었다. 샤토프는 고개도 들지 않았고 스테판은 모든 게 자기 잘못인 양 어쩔 줄 모르고 있었다. 그의 관자놀이에서 땀줄기가 흐르고 있었다. 나는 리자를 바라보았다. 그녀는 방구석, 샤토프와 가까운 곳에 앉아 예리한 눈으로 절름발이 여인과 바르바라를 번갈아 바라보고 있었다. 그녀는 일그러진 미소를 띠고 있었다.

그사이 마리야는 모든 것을 한껏 즐기고 있었다. 그녀는 아무런 거리낌 없이 거실 안의 온갖 멋진 물건들을 마음껏 뜯어보았다. 그러다가 그녀가 갑자기 소리쳤다.

"어, 샤투쉬카, 당신도 여기 있네. 당신을 벌써 보았지만 당신이 아닌 줄 알았어. 당신이 어떻게 여기 있을 수 있어?"

그러자 바르바라가 재빨리 샤토프에게 물었다.

"저 여자를 알아요?"

"네, 압니다만."

"어떻게 아는 거예요? 빨리 말해봐요."

"그게……." 그는 어색하기 짝이 없는 미소를 지으며 더듬거렸다. "아시다시피……."

"아니, 내가 알긴 뭘 안다는 거예요. 자, 어디 말해봐요."

"저랑 같은 집에서 살고 있지요……. 오빠와 함께……. 장교입니다."

"그래서요?"

샤토프는 여전히 우물거릴 뿐이었다.

"그럼 그렇지, 당신에게서 뭘 기대할 수 있다고!"

바르바라는 모두들 뭔가 알고 있으면서 그녀의 질문에 대답을 안 하는 것 같았다. 일순간 방 안에 침묵이 흘렀다. 바르바라는 짜증스럽다는 듯 우리 모두를 훑어보더니 벨을 눌렀다. 잠시 후 하녀가 나타났다.

"다샤는 뭘 하고 있지?"

"몸이 별로 좋지 않으신 것 같아요."

"가서 불러와. 몸이 좀 불편하더라도 오라고 전해."

바로 그 순간, 옆방에서 발소리와 말소리가 들리더니 곧이어 누군가가 문 앞에 나타났다. 프라스코비야 이바노브나였다. 그녀는 흥분한 듯 숨을 헐떡이고 있었고, 옆에서 마브리키가 부축하고 있었다.

"어휴, 맙소사! 겨우 왔네! 리자, 너 엄마한테 이런 짓을 해도 되는 거니? 내게 아무 말도 없이……. 이봐요, 바르바라, 내 딸을 데려가려고 왔어."

바르바라는 옛 기숙사 친구를 비스듬한 시선으로 바라보면서 짜증 섞인 목소리로 말했다.

"안녕, 프라스코비야. 제발 좀 앉을 수 없어? 틀림없이 네가 올 줄 알았어."

프라스코비야는 마브리키의 도움을 받아 의자에 털썩 주저앉으며 투덜거렸다.

"어휴, 이놈의 발만 아프지 않았어도, 당신 집에 앉지 않았을 거야."

"무슨 소리야? 내 집에 앉지 않겠다니? 난 돌아가신 네 남편하고도 평생 사이좋게 지냈고, 너하고 나는 기숙사에서 인형 놀이를 함께 했는데……."

프라스코비야는 두 손을 내저었다.

"그럴 줄 알았지! 뭔가 좋지 않은 소리를 하려면 꼭 기숙사 이야기를 끄집어낸단 말이야. 언제나 써먹는 올가미라니까."

"정말 오늘 네 기분이 좋지 않구나. 다리는 어때? 자, 커피를 가져오게 할 테니, 마시면서 진정해. 그렇게 성질부리지 말고."

"바르바라, 나를 무슨 꼬맹이 다루듯 하지 마. 흥, 커피 따윈 안 마시겠어." 그녀는 커피를 가져온 하인에게 손을 내저었다. 그리고 바르바라에게 따지듯 말했다.

"난 커피 따위 마시러 온 게 아니야. 도대체 왜 내 딸을 온 도시 사람들이 보는 앞에서 당신 스캔들에 끌어들인 거지? 그걸 따지러 온 거야."

그녀의 말에 바르바라가 갑자기 몸을 꼿꼿이 세웠다.

"뭐야? 내 스캔들?"

"엄마, 제발 말 좀 조심해서 할 수 없어요?" 리자가 나서서 프라스코비야에게 말했다.

"뭐야! 말조심하라고?" 프라스코비야는 다시 한바탕 법석이라도 떨 기세였지만 딸의 번득이는 눈길을 보고는 기세가 수그러들었다.

"엄마, 어떻게 스캔들이라는 말을 할 수 있어요? 율리야 언니의 허락을 맡고 내가 자발적으로 온 거예요. 저 불행한 여인의 사연을 좀 듣고, 그녀에게 도움을 주려고 온 거예요."

"뭐, '불행한 여인의 사연'?" 프라스코비야가 비꼬는 투로 반복했다. "그래, 너도 이 '사건'에 끼어든 거냐?"

그러더니 그녀는 갑자기 바르바라를 향해 말했다.

"오, 바르바라! 네 독재는 이제 지긋지긋해! 맞는 말인지 아닌지는 몰라도, 네가 이 도시 전체에 멍에를 씌웠다고들 말한다고! 이제 너의 그 좋던 시절도 다 간 거야!"

막 튕겨 나갈 것같이 허리를 꼿꼿하게 세운 채 바르바라는 엄준한 눈길로 프라스코비야를 노려보았다. 잠시 후 그녀는 놀 랄 만큼 평온한 어조로 말했다.

"프라스코비야, 여기 있는 사람들이 전부 믿을 수 있는 사람 이길 하느님께 기도해야 할 거야. 너, 오늘 쓸데없는 말을 너무 많이 지껄였어."

"나? 나는 다른 사람들 생각에는 별로 신경 안 써. 너야말로 그렇게 고고한 척하면서도 사람들의 심판을 두려워하고 있는 거야. 여기 있는 사람들이 다 믿을 만해서 좋겠네."

"일주일 만에 아주 똑똑해졌군."

"아니지. 일주일 만에 진실이 밝혀진 거지."

"일주일 만에 무슨 진실이 밝혀졌다는 거야? 짜증 나게 하지 말고 어디 설명해봐. 도대체 무슨 속셈으로 그런 소리를 하는 거야?"

프라스코비야는 오로지 큰 충격을 주고야 말겠다는 일념에 자기의 말이 어떤 결과를 가져올 것인지 전혀 고려도 하지 않 고 손가락으로 마리야를 가리키며 외쳤다.

"자, 모든 진실이 저기 있잖아! 저기 저렇게 앉아 있잖아!"

내내 프라스코비야를 호기심 어린 눈으로 바라보고 있던 마 리야는 그녀가 자기를 손가락으로 가리키자 큰 소리로 웃음을 터뜨리며 소파 위에서 몸을 들썩거렸다.

"오, 하느님 맙소사! 전부 정신이 나갔어!" 얼굴이 창백해진 바르바라가 의자 등받이에 몸을 기대며 소리쳤다.

그녀의 얼굴이 너무 창백했기에 모두들 놀랐다. 스테판과 나는 얼른 그녀에게 달려갔고 리자는 자리에서 벌떡 일어났다. 그러나 누구보다 놀란 것은 프라스코비야 자신이었다. 그녀는 자리에서 몸을 일으키며 거의 울먹이듯 말했다.

"바르바라! 미안해! 내가 바보였어. 내가 심술을 부린 거야. 누구, 빨리 물 좀 갖다줘요."

"프라스코비야, 제발 그렇게 징징 짜지 마. 여러분 제발, 얌전히 좀 있어요. 물은 필요 없어." 바르바라가 겨우 입술을 들썩이며, 하지만 아주 단호한 목소리로 말했다. 그러자 약간 진정이 된 프라스코비야가 말했다.

"사랑하는 바르바라, 내가 함부로 말한 건 정말 잘못했어. 하지만 어떤 놈이 마치 폭격하듯 보내온 그 익명의 편지들 때문에 내가 속이 뒤집힌 거야. 분명 당신에게 보내야 할 편지들이었어. 당신 문제에 관한 거였거든."

바르바라는 눈을 동그랗게 뜬 채 말없이 그녀를 바라보았다. 놀란 것이 틀림없었다. 순간 조용히 문이 열리면서 다샤가 나타났다. 그녀는 동요하고 있는 우리의 모습에 놀란 것 같았다. 그녀가 들어선 것을 제일 먼저 발견한 스테판이 얼굴을 붉히면서 "아! 다리야 파블로브나!"라고 외치자 모두의 시선이 그녀를 향했다.

"어머, 당신이 다리야 파블로브나! 샤투쉬카, 당신과는 하나도 안 닮았네! 아니, 내 하인 놈은 이렇게 매력적인 여자를 어떻게 '종년 다쉬카'라고 부르는 거지?" 마리야가 큰 소리로 외쳤다. 다샤는 놀란 눈으로 이 백치 여인을 바라보았다.

마리야는 계속 입을 열어 말했다.

"정말 매력적이야! 아니, 그 하인 놈은 이렇게 교양 있고 사랑스러운 아가씨를 어떻게 욕할 수 있는 거지? 당신이 그놈 돈을 슬쩍하다니, 말도 안 되는 소리지!"

그녀의 말을 듣고 바르바라가 놀라울 정도로 침착하게 다샤에게 물었다.

"다샤, 저 여자가 하는 말 다 알아들었느냐?"

"네, 다 들었어요."

"그런데, 돈 얘기는 뭐냐?"

"분명히 제가 니콜라이 님의 부탁으로 레뱌드킨 씨에게 전해 주려고 스위스에서 가져온 돈 이야기일 거예요."

일순 침묵이 흘렀다.

바르바라가 다시 물었다.

"니콜라이가 직접 네게 부탁한 거냐?"

"네, 300루블의 돈을 레뱌드킨 씨에게 꼭 전해주고 싶어 하셨습니다. 그 사람이 이곳으로 오리라는 것을 알고 계셨기에 제게 그 일을 맡기신 겁니다."

"아니, 돈이 사라졌다는 건 무슨 소리냐?"

"저는 모르는 일입니다. 레뱌드킨 씨가 그런 소리를 하고 다닌다는 건 저도 소문으로 들어서 알고 있었습니다. 하지만 그분이 제게 주신 돈은 분명 300루블이고 저는 정확히 300루블을 전해드렸습니다."

바르바라는 잠시 생각에 잠긴 것 같았다. 그리고 완전히 안정을 되찾아 침착해진 다샤를 바라보았다. 바르바라는 다샤의 말을 완전히 믿었다. 그녀는 그만큼 다샤를 신뢰하고 있었다.

잠시 후 바르바라는 스테판에게 벨을 눌러달라고 부탁했다. 스테판이 벨을 누르자 충실한 하인 알렉세이가 나타났다.

"알렉세이, 마차를 준비시키고, 마리야 레뱌드키냐 양을 집으로 데려다줘요."

그러자 알렉세이가 말했다.

"레뱌드킨 씨가 진작부터 이분을 기다리고 계십니다. 자기가 왔다는 걸 제발 마님께 전해달라고 하더군요."

그때 이제까지 침묵을 지키고 있던 마브리키가 입을 열었다.

"죄송한 말씀이지만 그는 우리가 받아들일 수 있는 사람이 아닙니다. 그는…… 그는…… 구제불능입니다."

그러자 스테판도 나서서 그의 의견에 동의했고, 프라스코비야는 자리에서 일어나며 리자에게 그만 가자고 말했다. 그녀는 좀 전에 놀란 김에 스스로를 바보라고 말한 것을 이미 후회하고 있었다. 그런데 놀랍게도 리자가 어머니에게 말했다.

"엄마, 난 안 갈래요. 좀 더 있을래요." 낮은 목소리였지만 결연함이 담겨 있었다. 나는 다샤가 들어오자마자 그녀가 줄곧 보여주고 있던 노골적인 증오와 경멸의 표정을 눈여겨보고 있었고, 그녀가 가지 않고 남겠다고 하자 적이 불안했다.

프라스코비야는 놀라서 "아니, 이게 무슨 소리냐?"라고 외쳤지만 리자가 들은 척도 않자 그녀도 그냥 눌러앉는 수밖에 없었다. 그러자 바르바라가 마브리키에게 말했다.

"마브리키 니콜라예비치 씨, 당신께 대단히 어려운 부탁 하나 해도 될까요? 내려가셔서 그 사람을 한번 만나보실 수 있어요? 만일 조금이라도 받아들일 수 있는 구석이 보이면 이리로 좀 데려와주시겠어요?"

마브리키는 목례를 한 후 밖으로 나갔다. 정확히 1분 후 그는 레뱌드킨과 함께 방으로 들어왔다.

2

이미 여러 번 그 이름이 나온 레뱌드킨에 대해 조금은 자세히 묘사해보기로 하자. 그는 마흔 살 정도 된 곱슬머리의 키 큰 사내였다. 약간 부어오른 듯한 붉은 얼굴에 머리를 움직일 때마다 뺨의 무른 살이 출렁거렸으며 핏발이 선 두 눈에는 사악한 기가 담겨 있었다. 그런데 내가 무엇보다 놀란 것은 그가 연미복을 입은 말끔한 차림으로 나타났다는 것이었다. 그의 손에는 분명 새것으로 보이는 모자도 들려 있었다. 그가 어제 샤토프에게 큰 소리로 외쳤던 '사랑의 연미복'은 실제로 존재한다는 것을 확인한 셈이었다. 나중에 알게 되었지만 그 옷들은 모종의 은밀한 목적을 위해 리푸틴의 충고에 따라 장만한 것이었다. 또한 그가 이렇게 빨리 이곳에 올 수 있었던 것도 누군가의 사주에 의한 것이 분명했다. 그 혼자서는 감히 그런 생각을 할 수도 없었을 것이며, 설사 성당 앞에서 벌어진 일을 그가 알게 되었다 하더라도 불과 45분 만에 이곳까지 올 수는 없었을 것이다.

그는 취해 있지는 않았다. 그러나 며칠 동안 계속 술을 마셔댔기에 몽롱한 상태였다. 거의 뛰어들듯이 안으로 들어온 그는 우렁찬 목소리로 말했다.

"제가 온 것은, 마님……!"

"아니, 서서 그렇게 말하지 말고 저기 앉아요." 바르바라가 그를 제지하며 말했다. 그는 엉거주춤 자리에 앉았다. 바르바라는 엄한 눈길로 그를 한참 바라보기만 했다. 마리야는 그 모습을 보고 너무 재미있다는 듯이 깔깔거렸다. 레뱌드킨은 어쩔 줄 모르고 꼼짝없이 앉아 있었다. 이윽고 바르바라가 그에게 물었다.

"우선, 당신에게 직접 당신의 이름을 들을 수 있을까요?" 얼음처럼 차가운 목소리였다.

"레뱌드킨 대위입니다. 마님, 제가 온 것은……." 그가 우렁찬 목소리로 대답했다.

"잠깐!" 바르바라가 다시 그를 저지했다. "이 흥미롭고 가엾은 아가씨가 당신의 누이 맞습니까?"

"네, 마님. 제 감시를 피해 도망 나온 겁니다. 보시다시피 저런 꼴이라서……."

그는 갑자기 얼굴이 빨개졌다.

"하지만 마님, 오해는 안 해주셨으면……. 오빠가 동생 얼굴에 먹칠하자는 게 아니라……. 저런 꼴이라는 건……. 그러니까……. 뭐, 명예를 더럽혔다는 게 아니라……. 그냥 제 동생이 최근에……."

그는 갑자기 말을 끊더니 자신의 손가락으로 이마 한가운데를 쿡 찌르면서 "바로, 이렇다는 거지요"라고 말했다.

"언제부터 그렇게 되었나요?" 바르바라가 무심코 물었다. 그러자 레뱌드킨이 그 질문에는 대답도 않고 말했다.

"제가 온 것은, 마님께서 성당에서 보여주신 관대함에 감사드리기 위해서……. 전, 교육을 잘 받지 못했고……. 저와 누이동생은 이런 화려한 곳과 어울릴 수 없지만……. 하지만 저 레뱌드킨은 명성을 중시하는 사람이라서……. 마님, 제가 온 것은……. 감사드리기 위해서……. 자, 마님, 여기 돈이 있습니다."

그러더니 그는 주머니에서 지갑을 꺼내어 지폐 다발을 끄집어내더니 세기 시작했다. 하지만 당황한 데다 손이 떨려 제대로 세지 못했기에 한참이나 걸렸다.

그는 돈뭉치를 바르바라에게 내밀었다.

"20루블입니다, 마님!"

바르바라는 경악해서 소파에 앉은 채 뒤로 몸을 빼면서 소리쳤다.

"이게 도대체 뭐 하는 짓이에요!"

마브리키와 나, 스테판은 모두 그녀 쪽으로 다가갔다.

"진정들 하세요. 진정들 하시라고요. 난 미친놈이 아닙니다." 대위가 흥분해서 사람들을 둘러보며 외쳤다.

"아니야! 당신은 미쳤어!" 바르바라가 숨을 고르지도 못한 채 말했다.

"마님, 마님이 생각하시는 것과는 전혀 다릅니다. 제가 정말 쓸모없는 놈인지는 모르지만……. 마님의 집은 이렇게 화려하지만 저 불쌍한 마리야는, 남편의 성도 갖지 못한 저 애는 저렇게 보잘것없지만……. 하지만 언제까지나 그렇지는 않을 수도……. 마님, 마님이 제 동생에게 10루블을 주셨지요. 동생은 받았고요. 그건 오로지 마님이 주셨기에 받은 겁니다. 다른 사람 돈이라면 절대로 받지 않았을 겁니다. 마님, 이 20루블은 마님께서 주신 돈을 돌려드리는 게 아닙니다. 10루블은 감사히 받겠습니다. 대신 이 20루블은 마님이 주관하고 계신 자선단체에 기부금으로 받아주십시오."

대위는 말을 끊었다. 마치 힘든 과업이라도 달성한 뒤인 양 숨을 헐떡거렸다. 아마 모든 말을 미리 준비해 왔으리라..

"내가 실수했군요. 난 당신 누이가 가난할 줄 알고……. 다만 한 가지 묻지요. 왜 내 돈이라서 받았다는 거지요? 다른 사람 돈이라면 받지 않고……. 그 사실을 그토록 강조했으니 해명을 좀 부탁해도 될까요?"

"마님, 그건 무덤 속까지 갖고 가야 할 비밀입니다!"

"도대체 왜 그렇다는 거지요?" 바르바라가 재차 물었지만 그다지 강경한 어조는 아니었다.

그러자 레뱌드킨이 갑자기 난폭하게 울부짖듯 말했다.

"마님, 제가 질문 하나 해도 되겠습니까?"

"해보세요."

그는 가슴을 툭툭 치면서 자리에서 벌떡 일어났다.

"마님, 마님은 살아오시는 동안 고통을 겪으신 적이 있으십니까?"

"당신이 그 누군가 때문에 고통을 겪었거나 지금 겪고 있다는 말이군요."

"오, 이 가슴속이 얼마나 들끓고 있는지 주님께서 최후의 심판 날에 아시게 된다면 주님도 놀라시리라! 오, 마님! 인간이 오로지 영혼의 고결함을 지키기 위해 죽음을 택할 수도 있다는 것을 모르시나요? 오오, 침묵하라, 희망 없는 마음이여!"

이어서 그는 난폭하게 가슴을 쾅쾅 두드리기 시작했다. 프라스코비야는 무서워서 그저 발발 떨고만 있었고, 스테판도 마찬가지였다. 마브리키는 마치 자신이 모든 사람들의 호위병이라도 된 듯한 자세로 서 있었고, 리자는 눈을 크게 뜬 채 이 괴상한 사람을 똑바로 바라보고 있었다. 샤토프는 거의 미동도 않은 채 원래 자세대로 앉아 있었다. 그런데 이상한 것은 마리야가 더 이상 히죽거리지 않은 채 매우 슬픈 표정을 하고 있었다는 것이다. 내가 보기에는 오로지 다샤만이 평온을 유지하고 있었다.

바르바라가 참지 못하고 레뱌드킨에게 말했다.

"그렇게 헛소리나 하지 말고 내가 묻는 말에 어서 대답해요."

하지만 레뱌드킨은 여전히 말을 빙빙 돌려대며 시를 읊어대기 시작했다.

하찮은 바퀴벌레가 있었네.
어느 날, 오오, 가엾은 바퀴벌레!

컵 속에 빠져버렸네.

그런데 그 컵 속에는

파리의 양식이 가득 들어 있었다네.

    그는 자신의 작품이 아직 끝나지 않았다며 계속 시를 읊어대기 시작했다.

    드디어 바르바라가 화가 나서 외쳤다.

    "내가 묻겠어요. 당신이, 니콜라이가 당신에게 전해주라고 준 돈을 전부 전해주지 않았다고 누군가를 비난하고 다닌다는 말을 들었어요. 대체 무슨 돈을 말하는 거지요?"

    "모함입니다!" 레뱌드킨은 마치 연기를 하듯 오른팔을 들어 올리며 부르짖었다.

    "모함이 아니에요!"

    "마님, 큰 소리로 진실을 외치기보다는 불명예를 당하더라도 입을 다물고 있어야 하는 경우가 있는 법입니다. 저는 입을 다물고 있겠습니다."

    그때였다. 늙은 충복 알렉세이가 방으로 들어서며 말했다.

    "니콜라이 프세볼로도비치께서 막 도착하셨다는 연락이 왔습니다. 곧 이리로 오실 거랍니다."

나는 바르바라가 이 소식을 받아들일 때의 표정을 지금도 또렷이 기억하고 있다. 처음 순간 그녀는 창백해졌다. 그러나 금세 그녀의 두 눈이 반짝이기 시작했다. 그녀는 소파에 앉은 채 몸을 꼿꼿이 세웠는데, 결연한 표정이었다. 우리는 모두 깜짝 놀랐다. 한 달이 넘도록 기다려온 그가 예기치 못한 순간에 갑자기 도착한 데다, 바로 지금 이 순간과 어쩌면 운명적으로 딱 맞아떨어지는 것 같았던 것이다. 광기에 휩싸여 있던 것 같던 레뱌드킨조차 기둥처럼 방 한가운데 우뚝 멈춰 섰다.

바로 그 순간 가볍고 빠른 발소리가 옆방에서 들려왔다. 그리고 우리가 모여 있는 방 안으로 누군가가 갑자기 뛰어 들어왔다. 하지만 그는 니콜라이 프세볼로도비치 스타브로긴이 아니었다.

3

잠깐 이야기 진행을 멈추고 돌연 나타난 이 젊은이를 독자 여러분에게 조금 자세히 묘사해야겠다. 그는 스물예닐곱 살 정도의 젊은이였다. 평균보다 약간 큰 키에, 듬성듬성하고 긴 금

발을 하고 있었으며, 콧수염과 턱수염을 아주 짧게 기르고 있었다. 그는 유행에 맞는 깨끗한 옷을 입고 있었지만 그다지 멋을 부리지는 않았다. 얼핏 보기에는 등이 굽고 동작이 굼뜬 것 같았지만 실은 등도 꼿꼿했고 행동도 빨랐다. 또한 괴짜처럼 보이기도 했지만 매너가 좋고 말솜씨도 좋다는 것을 금세 알 수 있었다.

아무도 그를 못생겼다고 하지는 않겠지만 그 누구에게도 호감을 줄 수 없는 얼굴이었다. 목덜미까지 길게 늘어나 있는 그의 두상(頭相)은 마치 양옆을 눌러놓은 것 같아 얼굴 전체가 날카로운 느낌을 주고 있었다. 이마는 높고 좁았으며 눈은 날카롭고 코는 작고 뾰족했다. 뺨과 광대뼈 부분에 야윈 주름이 잡혀 있어 무슨 심각한 병이라도 앓고 난 사람 같았지만 겉모습만 그렇게 보일 뿐, 사실상 그는 아주 건강했고 병을 앓은 적도 없었다.

그는 서두르지도 않고 재빨리 걸었다. 그 어떤 것도 그를 당황하게 만들 수 없는 것 같았다. 그 어떤 상황, 그 어떤 모임에서건 그는 침착함을 유지했다. 그는 자기도 모르는 새 엄청난 자기 확신에 빠져 있는 사람의 전형적 모습이라고 할 만했다.

내친김에 조금 더 그에게서 받은 인상을 소개하자. 그는 비범할 정도로 달변이었다. 말이 무척 빨랐지만 확신에 찬 어조였고 단 한 마디도 망설임이 없었다. 뭔가 서두르는 것 같았지만 그의 생각은 정연하게 정리되어 있는 것 같았고 정확하고 분명했다. 그 점이 듣는 이에게 깊은 인상을 주었다. 발음도 정확했으며 마치 잘 고른 말들의 씨앗을 사람들 앞에 펼쳐놓는 것 같았다. 그가 하는 말은 처음에는 듣기에 좋았다. 하지만 바로 그 정확한 말들, 미리 잘 준비된 것 같은 말들 때문에 오히려 역겨운 느낌을 주었다. 그의 말을 듣고 있자면 그가 특별한 모양의 혀, 아주 길고 가는 혀, 긴 혀끝이 날카롭게 날름거리는 혀를 갖고 있다는 상상을 하게 되었다.

그는 거실로 들어오자마자 달변을 늘어놓기 시작했다.

"저는 15분 전에 이 집으로 들어서면서 그를 만날 수 있으리라고 생각했습니다. 그는 한 시간 반 전에 도착했습니다. 우리는 함께 키릴로프의 집에 있었습니다. 그는 30분 전에 곧장 이리로 오겠다며 떠났고, 15분 후에 저와 이곳에서 만나자고 했습니다."

"아니, 누구를 말하는 거지요? 누구와 이곳에서 약속했다는 거지요?"

"바로 니콜라이 프세볼로도비치 스타브로긴입니다. 아니, 부인께서는 그가 온 것을 아직 모르신단 말입니까? 적어도 그의 짐만은 미리 이곳에 도착했을 텐데 어떻게 아무도 부인께 말씀을 안 드린 거지요? 그렇다면 바로 제가 그 소식을 제일 먼저 전한 사람이 되는 거로군요. 그는 곧 올 겁니다. 아마 제때에 맞춰 도착하겠지요."

그는 홀 안에 모인 사람들을 둘러보더니 조금도 쉬지 않고 연이어 말했다.

"아, 리자베타 니콜라예브나, 이렇게 첫 걸음에 당신을 만나게 되다니, 정말 기쁩니다. 악수를 나눌 수 있다면 정말 기쁠 텐데……."

그러면서 그는 곧장 리자에게 다가가 그녀가 내민 손을 잡았다. 이어서 그는 프라스코비야를 보고 말했다.

"존경하는 부인, 발은 좀 어떻습니까? 스위스 의사들이 고국의 공기를 권했지요? 효과가 있었습니까? 물약 요법은요? 그건 효과가 있을 겁니다."

그는 다시 바르바라 쪽으로 몸을 돌리며 말했다.

"외국에서 부인을 뵙고 존경의 말씀을 드릴 수 없어서 아주 유감이었습니다. 전해드릴 말씀도 참 많았는데……. 제가 저희 영감님께 편지를 보냈는데……. 분명히 영감님 습관대로라면……."

그가 거기까지 말을 했을 때였다. 스테판이 갑자기 "페트루샤!"라고 소리를 지르며 그에게 달려갔다.

"피에르(표트르의 프랑스식 이름)! 오, 우리 아기! 내가 너를 못 알아보다니!"

그는 아들을 껴안고 눈물을 흘렸다. 그러자 표트르가 그를 떼어내며 중얼거렸다.

"제발, 바보 같은 짓 마세요. 소용없는 짓이에요. 자, 됐어요, 제발……."

"늘, 나는 늘 네게 죄인이었어!"

"됐어요. 그 이야긴 나중에 해요. 이렇게 어리광을 부리실 줄 알았다니까! 제발, 정신 좀 차리세요."

"하지만 본 지가 10년도 넘었는데……."

"그러니까 좀 더 의연해야지요."

"오, 우리 아기!"

"그래요, 저를 사랑하는 건 알아요. 그러니 이 팔 좀 치우세요. 다른 이들을 어색하게 만들잖아요. 아, 저기 니콜라이가 오네요. 자, 그러니 제발 좀 얌전히 계세요."

실제로 니콜라이가 이미 방에 들어와 있었다. 그는 소리도 없이 방으로 들어왔다. 그는 조용히 들어와 문가에 서서 안을 훑어보고 있었던 것이다.

나는 4년 전에 그를 처음 보았을 때와 마찬가지로 이번 그의 모습에서도 충격을 받았다. 물론 나는 그를 잊지 않고 있었다. 하지만 그는 비록 전에 수백 번을 만났더라도 매번 만날 때마다 이전까지 주목하지 못했던 새로운 모습을 드러내는 사람과 같았다. 겉보기에 그는 4년 전과 똑같았다. 여전히 그때와 마찬가지로 걸음걸이가 묵직했으며 심지어 그때만큼 젊었다. 그때처럼 부드럽고 가벼운 미소를 띠고 있었으며 자기만족에 차 있는 것 같았다. 시선도 여전히 엄격한 듯하면서도 생각에 잠긴 듯 멍해 보였다.

하지만 전과 결정적으로 달라진 것이 있었다. 그는 미남이었지만 전에는 사교계 부인들 말대로 무언가 가면을 쓴 것 같은 얼굴이었다. 그러나 지금 그의 얼굴을 보고는 그런 말을 할 수 없었다. 그는 이론의 여지 없는 미남이었다. 전보다 조금 창백해지고 야위었기 때문이었을까? 아니면 그의 반짝이는 시선 속에서 무슨 새로운 생각이 엿보였기 때문이었을까?

그런데 바로 그 순간 바르바라라는 인물이 어떤 인물인가를 단번에 보여줄 수 있는 광경이 벌어졌다. 그녀는 어느 한순간 그 무언가 몰두하는 일이 있으면 당장에 평상심을 몽땅 버리고 그 일에 온몸을 맡겨버리는 기질의 인물이라는 것을 이 순간 여러분이 잊지 않았으면 한다. 그래야만 그녀가 아들에게 갑자기 이런 수수께끼 같은 질문을 던질 수 있음을 이해할 수 있을 것이다.

그녀는 아들에게 그 자리에 멈추라고 말한 후 밑도 끝도 없이 물었다. 위협적이고도 단호한 목소리였다.

"니콜라이! 그 자리에서 꼼짝 말고 말해라. 여기 이 불쌍한 절름발이 여인이 보이지? 그래, 정말로…… 이 여자가…… 너의 합법적인 아내냐?"

나는 그 순간을 지금도 너무나 또렷이 기억하고 있다. 젊은이는 눈썹 하나 찡그리지 않았다. 그는 어머니를 똑바로 응시했다. 얼굴 근육 하나 미동도 하지 않았다. 그는 너그러운 미소를 입술에 짓더니 조용히 바르바라에게 다가갔다. 그리고 그녀의 손을 잡더니 공손하게 입을 맞추었다. 어머니는 온통 의혹에 사로잡힌 눈길로 아들을 바라보고 있을 뿐이었다.

이어서 그는 여전히 입을 열지 않은 채 마리야를 향해 다가갔다. 마리야는 거의 숨이 멎을 정도로 놀라서 몸을 일으켰고 마치 애원하듯 그에게 두 손을 내밀었다. 그녀의 시선 속에는 분명 환희가 빛나고 있었다. 그녀가 마치 기절이라도 할 것 같아 내가 급히 그녀를 부축하려고 몸을 움직였던 것(나는 그녀 곁에 있었다)을 나는 지금도 또렷이 기억하고 있다.

이윽고 니콜라이가 그녀에게 더없이 부드럽고 상냥하게 말했다.

"여긴 당신이 있어야 할 곳이 아니지요."

그러자 가련한 여인은 숨을 헐떡이며 겨우 몇 마디 했다.

"제가…… 제가…… 지금…… 당신 앞에서 무릎을 꿇어도 될까요?"

"아니, 절대 안 됩니다." 그가 그녀에게 멋진 미소를 보내자 마리야의 얼굴이 환하게 밝아졌다. 그는 그녀에게 마치 어린아이를 달래듯 듬직한 목소리로 말했다.

"당신이 아직 처녀라는 것, 내가 비록 당신과 가장 가까운 친구라 할지라도 내가 아직 당신에게는 남이라는 것을 생각해보세요. 나는 당신의 남편도 아니고 아버지도, 약혼자도 아니에요. 자, 팔을 이리 줘요. 내가 집까지 데려다줄 테니."

그녀는 그의 말을 듣고 있더니 생각에 잠긴 듯 잠시 고개를 숙이고 있었다. 이윽고 그녀가 한숨을 내쉬며 말했다.

"그래요, 가요."

그는 그녀의 팔을 잡고 밖으로 나갔다. 나는 그때 리자가 갑자기 소파에서 벌떡 일어나 그들이 나가는 동안 줄곧 말없이 바라보고 있던 것을 분명히 기억한다. 그녀는 곧바로 다시 자리에 앉았지만 그녀의 얼굴에는 마치 파충류라도 건드린 듯 경련이 일었다.

그들이 그렇게 밖으로 나가는 동안 방 안에는 정적이 흘렀다. 하지만 그들이 밖으로 나가자마자 방 안은 갑자기 소란해졌다. 저마다 부산하게 자기가 하고 싶은 말들을 하고 있었다. 스테판은 스테판대로 손뼉을 치며 프랑스어를 부지런히 주워섬기고 있었고 표트르는 바르바라에게뿐 아니라 프라스코비야에게도, 리자에게도 뭔가 큰 소리로 설명하고 있었으며, 바르바라는 바르바라대로 프라스코비야에게 "너 들었어? 저 애가 하는 소리 들었지?"라고 소리쳤다.

이 모든 소란을 진정시킨 것은 결국 표트르였다. 그가 바르바라에게 그의 장기인 달변을 유감없이 펼쳐 보였다.

"피할 수 없는 일입니다! 피할 수 없어요! 부인, 무슨 오해가 있었고 정말 이상한 일이 벌어진 것만 같이 보입니다. 하지만 눈앞의 불을 보듯 명확한 일이고 단순한 일입니다. 제가 이 일을 밝힐 임무를 부여받은 것은 아니지만, 때로는 당사자보다 제3자가 밝히는 게 더 유리할 때도 있습니다. 부인, 믿어주십시오. 방금 니콜라이가 부인께 확실한 대답을 하지는 않았지만 그는 조금도 잘못한 게 없습니다. 그 일이 벌어졌을 때 저는 페테르부르크에 있었습니다. 별일 아닙니다. 심지어 니콜라이의 명예를 높여줄 일인지도 모릅니다. '명예'라는 단어를 이런 데 사용하는 게 좀 뭣하긴 하지만……."

"그러니까, 당신이 이…… 이 사실의……. 오해를 낳게 한 이 사실의 증인이었단 말인가요?"

"증인일 뿐 아니라 당사자이기도 합니다." 표트르 스테파노비치가 서둘러 말을 받았다.

"그렇다면 그 일에 대해 말씀 좀 해주실 수 있어요? 니콜라이가 자기 이야기를 남이 하는 걸 언짢아하지 않을 거라면……."

"내가 이 이야기를 해드린 걸 그가 알게 되면 분명히 그도 기뻐할 겁니다."

갑자기 하늘에서 툭 떨어진 것 같은 이 사람이 남의 이야기를 그렇게 하고 싶어 안달하는 모습은 어찌 보면 이상하기 짝이 없었다. 어쨌든 그의 행동은 상식에서 벗어나 있었다. 하지만 그는 바르바라의 정곡을 콕 찌른 것이었고 바르바라는 그에 넘어가지 않을 도리가 없었다. 나는 당시 아직 이 사내의 성격을 잘 모르고 있었기에, 당연히 그의 의도가 무엇인지도 알 수 없었다.

이윽고 표트르가 이야기를 시작했다.

"짧은 이야기입니다. 실은 전혀 이야깃거리가 안 될지도……. 하지만 소설가라면 이런 이야기를 적당히 소설로 꾸며낼 수 있을지도 모르겠습니다."

표트르는 짧은 이야기라고 했지만 그의 이야기는 상당히 길었다. 이야기 중간중간 듣는 이들을 설득하기 위해, 혹은 자신의 이야기에 힘을 싣기 위해 장황한 묘사가 수시로 동원되었기 때문이다. 우리는 한참 뒤에 그의 언변을 충분히 맛볼 기회가 있을 것이므로 여기서는 그가 '눈앞의 불을 보듯 명확한 일이고 단순한 일'이라고 밝힌, 그의 입을 통해 전해진 이른바 '명백한 사실'을 정리해 보여주는 것으로 만족하기로 하자.

니콜라이는 5년 전쯤 우연히 레뱌드킨이라는 사람을 알게되었다. 광대 같은 인물이었다(표트르는 자기가 하는 말을 레뱌드킨이 듣고 있었음에도 불구하고 서슴없이 그를 비방했다). 니콜라이는 당연히 레뱌드킨의 누이 마리야 레뱌드키냐도 알게 되었다. 당시 오누이는 집도 절도 없는 신세였다. 레뱌드킨은 구걸해서 번 돈을 몽땅 술 마시는 데 써버렸고 마리야는 이집 저 집 허드렛일을 도와주며 살고 있었다.

그런데 마리야가 니콜라이의 모습을 보고 충격을 받았다. 그녀가 니콜라이에게 반한 것을 보고 사람들은 비웃었지만, 그녀는 전혀 눈치채지도 못했고 신경 쓰지도 않았다. 당시 그녀의 머리 상태는 지금처럼 심하지는 않았지만 이미 온전하지 못했다. 니콜라이는 그녀에 대해 조금도 신경 쓰지 않았다.

그런데 한번은 사람들이 그녀를 모욕하는 자리에 니콜라이가 있게 되었다. 니콜라이는 다짜고짜 그녀를 모욕한 사내의 옷깃을 움켜쥐더니 창문 밖으로 내동댕이쳤다. 표트르의 표현에 의하면, 무슨 기사도 같은 분노는 아니었고 순간적인 장난 같은 것이었다. 그리고 그의 그런 행동이 마리야의 몽상을 자극했다. 게다가 니콜라이는 그 자리에서 마리야를 마치 귀족 부인처럼 대했다. 그 자리에 있던 키릴로프가 니콜라이에게 그녀를 그런 식으로 남작 부인처럼 대하면 결국 그녀를 망치게될 것이라고 경고했다는 사실도 표트르는 잊지 않고 덧붙였다.

이후 니콜라이의 행동은 이전과 다름없었다. 그냥 의례적인 인사 외에는 그녀에게 한마디도 하지 않고 지냈다. 하지만 마리야는 여전히 그를 왕자님처럼 떠받들고 있었으며 사람들은 둘을 약혼한 사이라며 놀려댔다. 어쨌든 니콜라이가 그곳을 떠나면서 그녀에게 300루블 정도의 연금을 마련해주는 것으로 일은 마무리되었다. 표트르는 그 일은 일종의 변덕에서 벌인 일이었거나 장난이었으며, 키릴로프가 니콜라이에게 비난조로 말한 것처럼 '환락에 빠진 인간의 새로운 실험' 같은 짓이었을 뿐이라고 말했다. 키릴로프는 니콜라이가 자신이 미친 불구자에게 어떤 영향을 미치는지 알아보려는 목적으로, 그녀가 자신을 향한 코미디 같은 사랑으로 죽어갈 것을 알면서도 이런 실험을 했다고 비난했다는 것이다.

마지막으로 표트르는 덧붙였다.

"하지만 키릴로프의 말이 사실이라 할지라도 한 미친 여자, 더욱이 두어 마디 말을 건넨 게 전부인 여자의 환상에 대해 그 남자가 무슨 책임을 질 게 있겠습니까?"

그가 말을 끝내자 바르바라가 물었다.

"끝난 건가요?"

"아직 끝나지 않았습니다만……."

"아니, 이제 됐어요. 자, 좀 앉아요."

표트르는 자리에 앉았다. 하지만 그는 쉽게 입을 다물지 못했다.

"부인, 저는 그 때문에 이곳에서 일어났던 일에 대해 조금은 알고 있습니다. 익명의 편지에 대해서도 들은 바가 있고……. 제가 그 편지를 쓴 자를 찾아드릴 테니, 부인께서는 안심하셔도 됩니다."

"하지만 당신은 이곳에서 어떤 음모가 있었는지 상상도 못할 거예요. 도대체 아무 잘못 없는 우리 불쌍한 프라스코비야까지 괴롭히다니!"

이어서 바르바라는 마리야를 가리키며 선언하듯 말했다.

"저는 이 불쌍하고 불행한 여자를, 모든 것을 잃고 오직 마음 하나만을 간직하고 있을 뿐인 이 여자를 양녀로 들이겠어요! 그것은 제가 떠맡아야 할 성스러운 임무예요. 오늘부터 내가 이 여자를 보호하겠어요."

"어떤 의미로는 매우 훌륭한 일이지요." 표트르가 열을 내며 말했다. "하지만 제가 아직 다 못 한 말이 있습니다. 니콜라이가 떠난 뒤의 일입니다. 여기 있는 이 레뱌드킨이 니콜라이가 준 연금을 제멋대로 탕진해버렸습니다. 저도 자세한 사실은 모르지만 1년 뒤 니콜라이가 그 사실을 알고 이 아가씨를 안락한 수도원에 데려다 놓았다는 것은 압니다. 레뱌드킨은 전력을 다

해 그 수도원이 어딘지 알아낸 후 그녀를 수도원에서 몰래 빼내옵니다. 그리고 곧장 이곳으로 온 것이지요. 그리고 니콜라이에게 연금을 자기 손에 직접 쥐여주지 않으면 소송을 제기하겠다고 뻔뻔스러운 협박을 하고 있는 겁니다."

그러자 이제까지 얌전히 있던 레뱌드킨이 얼굴이 새빨개져서 표트르에게 항의조로 말했다.

"표트르 스테파노비치 씨, 너무 잔인하시군요."

"잔인하다고요? 아니, 어디가? 잔인하니 아니니 하는 이야기는 나중에 하기로 하고……. 한 가지만 부탁하겠소. 자, 내가 한 말이 전부 사실이요, 아니오? 사실이 아닌 게 있다면 즉시 말해보시오."

"하지만…… 표트르, 그게……." 레뱌드킨은 말을 더듬거리다가 갑자기 입을 다물었다. 나는 여기서 표트르는 다리를 꼰 채 안락의자에 편한 자세로 앉아 있었고, 레뱌드킨은 그 앞에 아주 공손한 자세로 서 있었다는 사실을 지적해야겠다.

표트르가 재차 독촉했다.

"우물쭈물하지 말고 속히 답하시오. 내가 한 말이 전부 사실이요, 아니오?"

"사실입니다." 레뱌드킨은 눈을 내리깔며 대답했다.

제5장 교활한 뱀

"더 이상 할 말은 없소? 혹시 화가 난 건 아니오? 당신은 짜증을 잘 내는 인물이니까. 하지만 레뱌드킨, 이건 명심해야 할 거요. 내가 아직 당신의 진짜 모습과 과거 행실에 대해서는 아무 말도 안 했다는 것을……."

레뱌드킨은 몸을 부르르 떨면서 이상한 눈길로 이 심문자를 바라보더니 우물쭈물 말했다.

"저, 이제 그만 가봐도 될까요?"

"그건, 바르바라 스타브로기나 부인께 여쭤보시오."

바르바라가 손짓으로 좋다는 표시를 하자 대위는 문 쪽으로 걸어갔다. 그러더니 갑자기 걸음을 멈추고 뒤를 돌아다보았다. 뭔가 하고 싶은 말이 있는 듯한 눈치였다. 하지만 그는 차마 말을 꺼내지 못하고 밖으로 나갔다.

4

레뱌드킨이 밖으로 나가자마자 니콜라이가 들어섰다. 그는 레뱌드킨과 바로 문 앞에서 마주쳤다. 니콜라이와 마주친 레뱌드킨은 마치 구렁이 앞의 토끼처럼 온몸이 얼어붙은 듯 꼼짝도

하지 못하고 있었다. 니콜라이는 잠시 기다린 후 한 손으로 그를 가볍게 밀어내고 거실로 들어선 것이다.

니콜라이의 표정은 매우 밝았다. 우리가 아직 모르는 무슨 일인가가 그에게 일어난 것만 같았다. 그가 가까이 오자 바르바라가 서둘러 일어나며 말했다.

"니콜라이, 나를 용서해주겠니?"

그러자 니콜라이가 웃음을 터뜨리며 말했다.

"아, 그렇군요! 다 아셨군요. 여기서 나가면서 '적어도 그 이야기는 해드려야 하는데'라고 생각했어요. 하지만 표트르가 있는 걸 보고 안심했어요."

"그래, 표트르 스테파노비치 베르호벤스키가 우리에게 다 말해주었단다. 어느 괴짜의 페테르부르크에서의 생활에 대해서……. 변덕스럽고 제정신이 아니었지만 기사처럼 고결한 감정을 지닌 그런 인간의……."

"기사라고요? 좀 멀리 가신 것 같네요. 어쨌든 이번에는 표트르의 성급함에 감사를 드려야겠군요. 저 사람은 거짓말을 몰라요. 성공보다는 진실이 우선인 사람이지요. 하지만 제게 사과하실 필요는 없어요. 어쨌든 제가 정신이 나가서 한 짓이니까요. 아무튼 다 끝난 일이니까 그 이야기는 이제 그만하지요."

말을 마친 니콜라이는 다샤를 향해 예의 그 점잖은 걸음걸이로 걸어갔다. 그녀는 그가 다가오자 자리에 앉은 채 심하게 몸을 떨더니 얼굴에 홍조를 띤 채 급히 일어났다.

"당신에게 축하를 드려야 할 것 같은데……. 너무 이른가요?" 그가 야릇한 표정을 지으며 그녀에게 말했다.

다샤가 뭔가 대답한 것 같았지만 내 귀에는 들리지 않았다.

그때 갑자기 표트르가 그들의 대화에 끼어들었다.

"뭘 축하한다는 거지요? 아! 그 이야기는 아니겠지요? 얼굴을 붉히시는 걸 보니 내 짐작이 맞는 모양이군요. 하긴 당신처럼 훌륭한 처자가 진심으로 축하받을 일이 뭐 있겠어요? 저한테도 축하를 받으셔야지요. 참, 내게 돈을 주셔야겠습니다. 내기에 지셨으니……. 스위스에서, 절대로 시집 안 간다고 저한테 말씀하시지 않았습니까? 아, 그렇지 스위스! 정말 내 정신 좀 봐! 여기 온 중요한 용건 하나를 잊고 있었으니……." 그러더니 그는 갑자기 그의 아버지에게 말을 걸었다.

"영감, 언제 스위스로 가세요?"

"내가? 스위스로?" 스테판이 당혹스러워하며 되물었다.

"아니, 뭐라고요? 안 가신다고요? 하지만 영감도 결혼할 거잖아요……. 제게 편지를 보냈잖아요."

"피에르!" 스테판이 소리를 질렀다.

"뭐요? 피에르? 내가 프랑스 놈인가? 저는요, 영감만 좋다면 조금도 반대하지 않는다고 말하려고 이렇게 빨리 날아온 거예요. 가능한 한 빨리 내 의견을 듣고 싶어 했잖아요. 하지만 영감이 편지에 쓴 대로 영감을 구원해줘야 한다면 그렇게 할 거예요. 그런데 부인, 이분이 결혼한다는 게 정말인가요?" 표트르는 갑자기 바르바라를 향해 말했다.

"영감이 제게 편지를 보냈는데 무슨 내용인지 도통 모르겠어요. 영감, 제가 영감을 축하해야 하나요, 아니면 구원해야 하나요? 도대체 '스위스에서의 죄'라는 건 뭐예요? 결혼을 하긴 하는데 '타인의 죄' 때문에 하게 된다는 건 무슨 소리예요? '이 처녀는 진주고 다이아몬드'고 영감은 '전혀 가치가 없는 몸'이라고 했는데 그건 이해가 돼요. 그런데 무슨, 남이 지은 죄 때문에 결혼을 하고 스위스로 가게 생겼으니 어서 와서 구원해달라고 한 건 무슨 소리인지……. 부인, 부인께서는 무슨 뜻인지 아시겠습니까?"

신나게 떠벌리던 그는 바르바라와 스테판의 표정이 일그러지는 것을 보고 의아한 듯 말을 멈추었다.

바르바라는 얼굴이 샛노랗게 질린 채 스테판 쪽으로 걸어갔다. 얼굴이 심하게 일그러져 있었고 입술이 파르르 떨리고 있었다. 그녀가 표트르에게 확인하듯 말했다.

"그래, 스테판 트로피모비치가 당신에게 '스위스에서 벌어진 타인의 죄'와 결혼한다고 썼고, 어서 와서 '구원'해달라고 했단 말이지요?"

그러자 표트르가 당황한 듯 말했다.

"아니, 그게……. 내가 뭔가 잘못 알고 있었다면……. 그건 분명 영감이 잘못한 겁니다. 아니, 왜 그런 편지를 쓴 거지요? 그것도 꼬리에 꼬리를 물듯 연속해서……."

바르바라는 스테판을 똑바로 노려보며 말했다.

"20년 만에 처음으로 눈을 제대로 뜨게 됐군요. 자, 제발 부탁이니 지금 당장 이 집에서 나가요. 앞으로는 절대로 우리 집 문지방을 넘을 생각도 하지 말고……."

사실 그 순간 나는 스테판에게 정말 놀랐다. 그는 바르바라에게 몸을 숙였지만 조금도 위엄을 잃지 않았으며 한마디도 내뱉지 않았다. 사실 그에게 무슨 할 말이 남아 있었겠는가? 게다가 평소에 경박하던 사람도 진짜 위기에 빠지게 되면 아주 잠깐이나마 근엄해지고 굳건해지는 법이니 그가 보인 위엄도 설명이 불가능한 것은 아니다.

스테판이 아무 말이 없자 바르바라는 그에게 손을 내밀며 빠르게 말했다.

"아무 말이 없으시군요. 잘하신 거예요. 제발 그러길 바랐어요. 제가 한결같이 당신을 존경한다는 걸……. 한결같이 당신을 높이 평가한다는 걸 믿어주세요……. 믿어주세요……. 그리고 스테판, 저에 대해 늘 좋은 생각을 갖도록 해주세요. 그러면 정말 감사하게 생각할 거예요."

이어서 그녀는 다샤를 향해 심각하게 말했다.

"다샤, 이제 너는 자유다. 이제 모든 걸 너 하고 싶은 대로 하면 된다. 전에도 그랬고 지금도 그러하며 앞으로도 그렇다."

그러자 표트르가 자신의 이마를 치며 외쳤다.

"맙소사! 이제야 모든 걸 알겠네! 아이고, 내 꼴이 이게 뭐야! 다리야 파블로브나, 제발 나를 용서해줘요." 이어서 그는 아버지를 향해 말했다. "아니, 영감 때문에 내가 바보가 됐잖아요! 미리 이런 이야기를 자세히 해줬어야지!"

"피에르, 아비에게 그런 식의 표현밖에 못 하는 거냐? 그렇지 않냐, 얘야?" 스테판이 가능한 한 목소리를 낮추며 아들에게 말했다.

아들이 입을 열어 아버지에게 뭐라고 항변했고 일순 거실 안에는 소란이 일었다. 그런데 그때 그 누구도 예기치 못했던 사건이 벌어졌다.

나는 우선 그동안 잊고 있었던 리자베타 이야기부터 시작해야겠다. 사실을 고백하자면 나는 줄곧 그녀에게서 눈을 떼지 않았다. 하지만 너무 급박한 상황들 때문에 그녀에 대해 언급하지 못했을 뿐이다. 내내 우울한 표정이던 그녀는 요 2~3분 동안 뭔가 새로운 충동을 느낀 것 같았다. 그녀는 어머니와 마브리키의 귀에 뭔가 속삭이고 있었다. 그녀의 얼굴은 평온했지만 뭔가 단호한 결의 같은 것이 보였다. 그녀는 마브리키의 부축을 받으며 자리에서 일어났다. 어머니와 함께 이곳을 떠나려던 것이었다. 그런데 드로즈도프네 여인들은 끝장을 다 보기 전에는 그곳을 떠날 수 없는 운명이었던 것 같다.

그때까지 샤토프는 사람들로부터 잊힌 채 구석 자리에 처박혀 있었다. 그는 자신이 왜 이곳을 떠나지 않고 머물러 있는지 자신도 납득하기 어려웠다. 그런데 그가 갑자기 자리에서 일어났다. 그는 단호한 걸음걸이로 방 한가운데를 가로지르더니 곧바로 니콜라이를 향해 다가갔다. 샤토프가 자신에게 다가오는 것을 보고 니콜라이는 미소를 지었지만 그가 가까이 오자 웃음기가 싹 가셨다.

니콜라이와 샤토프는 그렇게 마주 보고 약 5초가량 서 있었다. 거실의 모든 사람들도 심상치 않은 기운에 모두 숨을 죽였다. 처음에는 약간 놀란 듯했던 니콜라이가 얼굴을 찌푸리며 화를 낸 듯했다. 그때, 갑자기…….

갑자기 샤토프가 긴 팔을 들어 올리더니 온 힘을 다해 니콜라이의 얼굴을 후려쳤다. 니콜라이가 거의 넘어질 뻔할 정도로 거센 주먹질이었다. 만약 그 큰 손으로 코를 때렸다면 코가 박살 났을 것이다. 니콜라이의 입술과 윗니 부분에서 곧바로 피가 흘러내렸다.

순간적으로 바르바라가 비명을 질렀던 것 같기도 하다. 하지만 제대로 기억이 나지 않는다. 곧바로 모든 것이 정적에 파묻혔기 때문이다. 어쨌든 소동은 10초도 넘기지 않았다. 하지만 그 10초 동안에 정말 많은 일이 일어났다.

니콜라이는 공포 같은 것은 모르는 사람이었다. 그는 결투를 하더라도 두 눈 하나 깜짝 않고 상대방을 죽일 수 있는 사람이었다. 만일 누군가가 그의 뺨을 때렸다면 결투 따위를 신청하는 게 아니라 그 자리에서 상대방을 죽일 만한 사람이었다. 그는 조금도 정신을 잃지 않은 채 살인을 할 수 있는 사람이었다.

그런데 이번 경우에는 기적 같은 일이 벌어졌다. 바로 그 순간 그는 샤토프의 두 어깨를 움켜쥐는가 싶더니 곧바로 두 손을 뒤로 빼서 뒷짐을 진 것이었다. 그는 말없이 샤토프를 바라보고 있었다. 니콜라이의 얼굴이 백지장처럼 하얗게 질려 있었다. 이상하게 눈에서 모든 빛이 사라진 것 같았다. 약 10초 후에, 마치 거짓말처럼 그의 눈은 다시 냉정과 평온을 되찾았다.

나는 인간의 내면에 무엇이 들어 있는지 알지 못한다. 단지 밖에서만 바라볼 뿐이다. 하지만 내 생각으로는, 만일 자신의 영혼이 얼마나 강인한지 시험해보려고 시뻘겋게 단 쇠막대를 들고 10초 정도 고통을 이겨낸 사람이 있다면, 지금 니콜라이가 겪은 것과 비슷한 경험을 했다고 할 수 있을 것이다.

둘 중 샤토프가 먼저 눈길을 떨어뜨렸다. 그러고는 천천히 몸을 돌려 좀 전에 니콜라이에게 다가올 때와는 전혀 다른 걸음걸이로 방에서 나갔다. 무슨 생각이라도 하는 듯 고개를 떨어뜨린 채였다. 뭔가 중얼거리는 것 같기도 했다. 그가 문에 이르렀을 때 문이 마침 약간 열려 있었다. 그는 몸을 옆으로 돌리더니 게걸음으로 아무 소리도 내지 않고 밖으로 빠져나갔다. 그가 밖으로 빠져나갈 때 그의 뒷덜미에 늘어져 있는 머리카락 다발이 눈에 띄었다.

그때 방 안에서 끔찍한 비명이 울려 퍼졌다. 한 손으로 엄마의 어깨를, 다른 한 손으로 마브리키의 팔을 잡은 채 마치 그들을 방에서 끌어내려는 듯 그들을 잡아당기던 리자가 갑자기 비명을 지르면서 바닥에 쓰러져 기절해버린 것이다. 그녀의 목덜미가 양탄자에 부딪혀 내던 소리가 지금도 들리는 것만 같다.

제
2
부

제1장 밤

1

여드레가 지났다. 모든 일이 지나가고 이렇게 연대기를 쓰고 있는 지금에야 우리는 모든 것을 다 알고 있다. 하지만 당시로서는 아는 것이 전혀 없었기에 모든 것을 이상한 식으로 추측만 할 수 있을 뿐이었다. 처음 얼마 동안 나와 스테판은 집에 처박혀서 앞으로 일이 어찌 될 것인지 불안하게 지켜보기만 했다. 하지만 나는 가끔 외출해서 바깥소식을 듣고 이 불행한 스테판에게 들려주곤 했다. 만일 그것마저 없었다면 그는 도저히 살아갈 수 없었을 것이다.

얼마 안 있어 니콜라이가 뺨을 맞은 사건과 리자가 기절했던 일을 비롯해 그날 그곳에서 있었던 일에 대해 도시 전체에 소문이 나돈 것은 두말할 필요가 없다. 하지만 나와 스테판은 놀랐다. 도대체 누구의 입을 통해 그날 그곳에서 있었던 일이 그토록 재빠르게, 게다가 정확하게 사람들에게 전해질 수 있었단 말인가?

혐의를 레뱌드킨에게 둘 수도 있다. 하지만 그는 바로 그다음 날 누이동생과 함께 소리 소문도 없이 어디론가 사라져버렸다. 샤토프는 일주일 내내 일도 나가지 않고 집 안에만 처박혀 있었다. 나와 스테판은 표트르가 당사자일 것이라고 조심스럽게 결론을 내렸다. 하지만 나중에 그가 아버지와 나눈 대화에 따르면, 그가 사람들을 만났을 때는 이미 그 사건들이 사람들의 입방아에 오르내리고 있었다. 그의 말에 의하면 클럽 사람들도 모두 그 사실을 알고 있었으며 현 지사 부부까지도 세세한 사실까지 이미 다 알고 있었다. 또 한 가지 주목할 사실이 있다. 그다음 날, 그러니까 월요일 저녁에 나는 리푸틴을 만났다. 그런데 그는 이미 전날 있었던 일을 소상히 알고 있었다. 그러니 누군가 그에게 제일 먼저 그 사실들을 직접 알려준 것이 분명했다.

사람들은 마리야에 대해서도 호기심을 가졌지만 그 무엇보다 리자가 왜 기절한 것인지를 더 궁금해했다. 이 일이 그녀의 친척이자 보호자인 율리야 미하일로브나(현 지사 부인)와 직접적으로 관련이 있는 것 같다는 이유에서였다. 사람들은 리자가 섬망 상태에 빠져 집에 틀어박혀 있다고 수군거렸다. 당연히 니콜라이에 대해서도 이런저런 이야기가 떠돌았다. 그의 이가 완전히 부러졌다는 둥, 상처에 대해서도 마치 직접 목격이라도 한 것처럼 자신 있게 떠들어댔으며, 그는 결코 그런 모욕을 참아낼 사람이 아니기에 이 도시에서 머지않아 살인이 일어날 것이라는 이야기도 떠돌고 있었다.

물론 신중한 사람들은 언행을 자제했다. 하지만 그들 역시 군침을 흘리면서 이런 소문들에 귀를 기울이긴 마찬가지였다. 그런 소문들 중에는 공공연히 떠도는 것이 아니라 아주 은밀하게 입에서 입으로 전해지는 이상한 것들도 있었다. 내가 그 이상한 소문들에 대해 언급하는 것은 나의 이 연대기에서 나중에 일어날 사건들에 대해 독자들에게 미리 무언가 귀띔해주기 위해서다.

몇몇 사람들은, 도대체 무슨 근거에서 하는 말인지 모르겠지만, 니콜라이가 무슨 특별한 용무가 있어서 이곳에 온 것이라고 눈살을 찌푸리며 이야기했다. 그가 K백작의 주선으로 페테르부르크의 최고위급 정치 집단과 관계를 맺게 되었으며, 누군 가에게서 공적인 임무를 부여받고 이곳으로 오게 되었다는 것 이었다. 이곳 사람들은 중앙정부에서 여러 가지 이유, 특히 정 치적인 이유로 우리 현의 모 자치단체를 특별히 주목하고 있다 고 믿고 있었기에 그 소문은 아주 그럴듯해 보였다.

어쨌든 대부분의 소문들은 대개 근거가 없는 것이었고, 그 소문의 출처도 모호했다. 하지만 한 가지 반드시 지적해야 할 사실이 있다. 바로 니콜라이에 대한 소문들의 출처에 대해서 다. 그에 관한 소문들은 부분적으로는, 최근에 페테르부르크로 부터 돌아온 한 남자가 클럽에서 슬쩍슬쩍 던진 모호하지만 독 기를 품은 말들에 의해 생겨난 것이다. 그는 아르테미 파블로 비치 가가노프라는 사람으로서 퇴역 대위이자 우리 현에서 세 력이 있는 지주이며, 페테르부르크의 사교계에서도 유명한 사 람이었다. 하지만 우리는 무엇보다 그가, 4년 남짓 전에 니콜라 이가 코를 잡아당기는 이상한 행동으로 모욕을 주었던, 이제는 고인이 된 파벨 파블로비치 가가노프의 아들이라는 사실에 주 목해야 할 것이다.

이 와중에 우리가 또 한 가지 놓치지 않아야 할 사실이 있다. 바로 표트르 스테파노비치가 우리 도시의 사교계에서 금세 놀

제1장 밤

175

라운 성공을 거두었다는 사실이다. 부분적으로는 지사 부인 율리야의 후원 덕분이었지만 실은 그의 능력 덕분이라고 하는 것이 옳다. 그는 이곳에 온 지 나흘 만에 '거의 온 도시 전체'와 교유를 텄다. 그는 성격이 까다롭기 그지없는 아르테미 가가노프와 이미 마차를 함께 타고 다녔으며 거의 매일 지사의 집에서 식사를 했다.

그는 해외에서 활동한 혁명가로 알려졌고, 무슨 이유에서인지 배척은커녕 거의 환영을 받으며 조국에 돌아온 인물로 알려지게 되었다. 한번은 리푸틴이 내게, 그가 전향을 했으며 몇몇 동지들 이름을 대준 덕분에 사면을 받았다고 귀띔한 적이 있다. 내가 그 이야기를 스테판에게 해주자 그는 아무 말 없이 깊은 생각에 잠겼을 뿐이었다.

나중에 밝혀진 사실이지만 표트르는 이곳에 올 때 아주 대단한 추천장들을 지니고 있었다. 그 추천장들 중의 하나는 수도 페테르부르크에서 대단한 영향력을 지니고 있는 어느 유력 인사의 부인이 지사 부인에게 보낸 것이었다. 율리야의 대모이기도 한 그 노부인은 K백작이 그를 대단히 총애한다고 썼다. 자신의 출신이 하찮다는 생각에 '상류사회'와의 연줄을 귀하게 여기고 있던 율리야는 그 편지를 받고 뛸 듯이 기뻤고, 이 젊은이를 극진히 맞이했다.

　한 가지 더 지적할 것이 있다. 표트르는 우리의 위대한 문호 카르마지노프 씨와도 각별한 관계를 갖게 되었다는 사실이다. 이 대작가는 자기 집으로 표트르를 초대했으며 그에게 공손한 태도를 취했다. 내가 보기에 카르마지노프는 이 나라 수도의 진보적인 젊은이들과 좋은 관계를 맺고 싶어 했던 것 같다. 그는 이 새로운 혁명적 젊은이들 앞에서 긴장했다. 카르마지노프는 미래 러시아의 열쇠가 이 젊은이들 손에 달려 있다고 잘못 상상했으며, 그 젊은이들이 자신을 거들떠보지 않으면 않을수록 더욱더 그 니힐리스트들에게 알랑방귀를 꿰었다.

　표트르는 아버지를 두 번 찾아왔다. 공교롭게도 두 번 다 내가 없을 때였다. 그는 수요일에 아버지를 처음으로 찾아왔다. 그것도 순전히 일을 위해서였다. 내친김에 말하자. 아버지와 아들 사이의 영지를 둘러싼 문제는 깨끗하게 정리되었다. 바르바라가 모든 것을 떠맡아 처리해준 것이다. 바르바라의 충복 알렉세이가 서류를 갖고 오자 스테판은 아무 말 없이 '위엄을 갖추어' 서명을 했다. 공연히 하는 소리가 아니다. 요즘의 스테판에게서는 이전의 그의 모습을 찾아보기 힘들었다. 그는 놀라울 정도로 말수가 적어졌고 평온해졌다. 심지어 바르바라에게 편지조차 하지 않았는데, 내게는 바로 그 점이 가장 놀라웠다.

그러나 아들과의 두 번째 만남은, 비록 그를 온통 뒤흔들어놓지는 않았지만 그를 좀 힘들게 했다. 그는 이틀 동안 식초에 적신 수건을 이마에 동여맨 채 누워 있었다.

아들이 두 번째로 다녀간 날 저녁에 그가 소파에 누운 채 내게 내뱉듯 말했다.

"이봐, 녀석을 혼내줬어야 했어. 나는 투르게네프를 이해할 수 없어. 그의『아버지와 아들』에 나오는 바자로프를 나는 이해할 수 없어. 그런 니힐리스트는 실제로 존재하지 않는 허구적 인물일 뿐이야. 있다고 해도 속물적인 욕망 덩어리일 뿐이야."

이어서 그는 험한 말까지 했다.

"놈들은 약은 놈들이야. 일요일에 미리 입을 맞춰놓은 거야."

"맞아요. 미리 짜놓은 연극일 뿐이에요. 한눈에도 짜 맞춘 게 훤히 보여요."

"아니, 그 이야기가 아니야. 일부러 그 짜 맞춘 실을 훤히 보이게 한 거야……. 누군가에게 그것을 보이려고……. 알겠어?"

"모르겠습니다."

"됐어, 그만 넘어가지. 오늘 내 신경이 좀 날카로워."

그는 갑자기 침묵에 빠졌고 나도 입을 다물었다. 잠시 후 그가 다시 열에 들뜬 듯 중얼거리기 시작했다.

　　"사람들은 프랑스 정신이 거짓이라고 말하지. 언제나 그래. 도대체 왜 프랑스 정신을 비방하는 거지? 이곳에는 러시아적인 게으름밖에 없으면서…… 너무 무기력해서 사상조차 만들어내지 못하면서…… 그 혐오스러운 기생 정신밖에 없으면서…… 나라면 이렇게 외치고 싶어. '이놈들아, 여기에는 단두대가 필요하다! 너무나 쉽게 너희 머리를 잘라버릴 수 있기 때문이다! 네놈들 머리에 사상을 갖게 하는 게 무엇보다 어렵기 때문이다! 네놈들의 깃발은 걸레 조각이고 무능함의 상징일 뿐이다!' 그놈이 왔을 때 내가 소리쳤지. '인간에게는 불행이 행복만큼 필요하다는 것을 네가 아느냐?' 그랬더니 웃더군. 그러더니 말했어. '영감은 비로드 소파 위에 편하게 누워서 그런 말들이나 하고 있군요'라고…… 실은 훨씬 더 노골적이고 저속하게 말했어. 부모 자식 간에 말을 함부로 하는 게 둘이 친하게 지낼 때야 좋지만 서로 욕지거리를 해댈 때는…… 이봐, 어쨌든 자네는 이해할 수 없을 거야. 어쨌든 이런 일은 끝장나야 해. 세상에는 흐지부지 끝나는 일도 많지만, 이 일에는 반드시 끝이 있을 거야. 반드시……"

제1장　밤

179

그는 흥분한 듯 자리에서 일어나 방 안을 왔다 갔다 하더니 다시 소파 위로 힘없이 쓰러졌다.

금요일 아침 표트르는 지방 어디론가 떠나서 월요일까지 머물렀다. 나는 그 소식을 리푸틴에게서 들었다. 이야기 끝에 리푸틴은 레뱌드킨 오누이가 강 건너 어느 지방에 머물고 있다는 소식을 내게 전해주었다. 그는 자기가 데려다주었다고 말하더니 갑자기 리자베타가 마브리키에게 시집을 갈 것이라는 소식을 알려주었다. 아직 공식적인 발표는 하지 않았지만 정식으로 약혼을 했다는 것이었다.

나는 그 모든 소식을 스테판에게 알려주었다. 그는 레뱌드킨 오누이의 소식에 대해서만 관심을 보였다.

모든 일이 수수께끼 같았고 나도 사정을 정확히 알지 못했던 그 일주일 동안의 일에 대한 이야기는 이 정도로 멈추고, 이제 다음 이야기로 넘어가기로 하자. 나는 다음의 이야기들을 이미 모든 것이 밝혀진 지금의 상황에서 묘사하려 한다. 나는 그 문제의 일요일로부터 정확히 8일 뒤인 월요일부터 이야기를 시작하겠다. 바로 그날 저녁에 '새로운 사건'이 발생했던 것이다.

2

월요일 저녁 7시, 니콜라이는 자신의 서재에 앉아 있었다. 고풍스러운 분위기에 묵직한 가구가 놓여 있고 양탄자가 깔려 있는 방이었다.

그는 무언가 생각에 잠긴 듯 시선을 한곳에 집중하고 있었다. 얼굴은 지쳐 보였고 다소 야위어 있었다. 사람들은 샤토프의 주먹에 그의 이가 몽땅 부러졌다고 과장해서 말했지만 사실이 아니었다. 이는 조금 흔들렸을 뿐 곧 제자리를 잡았고 입술의 상처도 아물었다.

그는 그동안 아무도 만나지 않았고 심지어 어머니 바르바라조차 방 안에 들이지 않았다. 표트르가 시골로 떠나기 전까지 거의 매일 하루에 두세 번 정도 그를 찾아왔지만 니콜라이는 안으로 들이지 않았다.

월요일 아침, 사흘간 어디론가 떠나 있던 표트르가 돌아왔다. 그는 온 도시를 돌아다니다가 율리야의 집에서 식사를 한 후 저녁에야 니콜라이의 집을 방문했다. 이번에는 니콜라이가 그의 접견을 허락했다. 바르바라가 표트르를 몸소 니콜라이의 방까지 안내했다. 바르바라는 오래전부터 둘이 만나기를 간절히 원해왔다. 표트르가 니콜라이를 만난 뒤 모든 것을 시원하게 말해주겠다고 했기 때문이었다.

노크 소리가 나자 니콜라이는 당황한 표정으로 읽고 있던 편지를 봉투에 넣지도 못한 채 문진(文鎭) 아래 황급히 감추었다. 하지만 그는 편지를 완전히 감추지 못했다. 편지 귀퉁이와 봉투 대부분이 그대로 겉으로 비어져 나와 있었던 것이다. 니콜라이의 방으로 들어선 표트르는 곁눈으로 문진과 편지 귀퉁이를 흘낏 바라보았다.

"드디어 이렇게 만나게 되었군요. 그 일요일 사건 때문에 당신이 화가 나 있는 건 아니겠지요?"

"내 생각에는 분명히 당신이 온갖 애를 다 쓴 건 같은데……."

"아니, 내가 온갖 애를 다 썼다니 무슨 소리인가요? 당신을 화나게 하려고? 아, 나를 비난하는군요. 아주 단도직입적이라서 정말 좋습니다. 여기 오면서 당신이 단도직입적이 아니면 어떻게 하나, 걱정이 많았는데……."

"나는 그런 칭찬을 들을 만한 사람이 아니야." 니콜라이는 다소 짜증을 내며 말했지만 곧바로 미소를 지었다.

"아니, 그런 이야기가 아니라……. 사실 내가 여기 달려온 것은 솔직하게 나 자신을 해명하기 위해서입니다. 툭 터놓고 당신과 이야기를 나누고 싶어서입니다."

"그렇다면 전에는 그렇게 솔직하지 못했다 이거요?"

"그거야 당신이 잘 알 텐데요……. 전에는 내가 잔재주를 좀 부렸지요……. 웃으시는군요. 좋습니다. 이제 마음 놓고 솔직해질 수 있을 것 같습니다."

니콜라이의 얼굴에 냉소가 떠올랐다. 하지만 그 냉소에는 약간은 불안한 듯한 호기심이 섞여 있었다. 표트르는 말을 시작했다. 그는 평소 버릇대로 말을 배배 꼬았고, 이리저리 빙빙 돌렸다. 누군가와 이야기를 나눌 때면, 특히 중요한 용건을 말할 때면 늘 나타나는 그의 버릇이었다. 표트르의 성격을 그대로 보여주려면 그의 배배 꼬는 말을 그대로 독자 여러분에게 들려주는 것이 좋을 것이다. 하지만 그의 말을 그대로 옮기다보면 독자 여러분조차 헷갈리기 십상이다. 나는 가능한 한 그의 말버릇을 살리되 그의 발언의 요점만 간추려 전하도록 애쓰겠다.

"열흘 전쯤 이 도시로 오면서 내 의도는 그 어떤 역할을 연기(演技)하자는 것이었습니다. 물론 연기를 하지 않고 자신의 본래 모습을 보여주는 게 제일 좋겠지만……. 자연스러운 것처럼 남들을 속이기 쉬운 방법이 어디 있겠습니까? 모두들 보이는 그대로 믿을 테니까요. 그런데 솔직히 말해서 나는 아마 바보 역할을 하고 싶었나봅니다. 그게 내 본래 모습보다 연기하기 쉬우니까요. 하지만 바보란 일종의 극단(極端)이고 극단은 남들의 호기심을 불러일으키기 쉬운 법 아닌가요? 그래서 본래의 모습을 견지하기로 했습니다. 그렇다면 본래의 나는 누구일까요? 그야말로 중간자이지요. 바보도 아니고 똑똑하지도 않고, 능력도 별로 없고……. 이곳의 현명한 사람들 표현대로라면 '달에서 떨어진 것 같은 사람'이지요. 그렇지 않나요?"

"뭐, 그렇다고 해두지." 니콜라이가 미소를 지으며 말했다.

"아, 동의하시는군요. 그러실 줄 알았어요. 나도 당신에게서 '당신은 똑똑한 사람이오'라는 말을 끌어내기 위해서 한 말은 아니니까요. 당신 얼굴 표정을 보니 내가 지나치게 말이 많다고 책망하는 것 같군요. 하지만 실은 말 잘하는 능력이 없어서 말이 많은 겁니다. 게다가 말이 많은 게 이점도 많아요. 그냥 무능함을 그대로 드러내야 상대방도 갈피를 못 잡게 될 테니까요. 내게 무슨 속셈이 있다는 걸 눈치채지 못하지요. 이거, 내가 너무 솔직하게 나 자신을 드러내고 있네요. 네, 뭐라고요? '아무려면 상관없다'고 하셨나요? (실은 니콜라이는 아무 말도 하지 않았다.) 어쨌든 걱정 마세요. 무슨 동지애를 앞세워 까다로운 부탁을 하러 온 건 아니니까요. 아니, 웃으시는군요. 비웃는 건가요? 예? 뭐라고요?"

"나는 아무 말도 안 했소. 그러고 보니 전에 어디선가 당신을 재능 없다고 말한 적이 있는 것 같군. 물론 당신 면전에서는 아니었지. 아마 누군가 당신에게 고자질한 모양이구려. 그러니 자꾸 스스로 바보, 바보 하고 있지. 자, 제발 어서 본론으로 들어가시지."

"그래요, 사실 바로 그 문제 때문에 온 겁니다. 바로 그 일요 일 일 때문에……. 당신 보기에 그날 내 모습이 어땠습니까? 나는 참 바보처럼 굴었지요. 하지만 바로 그 때문에 나는 용서를 받은 것이고……. 또, 모든 사람을 당황하게 만든 이야기를 하나 멋지게 지어낸 덕분이지요. 그렇지 않은가요?"

"당신 또 빙빙 돌리는군. 어쨌든 당신은 사람들에게 우리가 사전에 무슨 말이라도 맞춘 것처럼 의혹을 남겼어요. 실제로는 그렇지 않은데……."

"바로 그겁니다. 일부러 그런 거지요. 당신이 핵심을 눈치채도록……. 당신에게 덫을 놓고 당신과 타협하기 위해서……. 나는 당신이 어느 정도나 겁을 먹고 있는지 알고 싶었던 것이고……."

"왜 이렇게 노골적으로 나오는지 알고 싶군."

"오, 화내지 말아요. 왜 이렇게 노골적인지 알고 싶으시다? 당신에 대한 생각이 바뀌었기 때문입니다. 자, 이제 낡은 방법은 던져버리겠습니다. 자, 오로지 당신에게 달렸습니다. '예' 혹은 '아니요', 둘 중 하나로 분명하게 대답하세요. '우리들의 과업'에 대해서는 당신이 직접 명령하기 전까지는 입도 뻥끗하지 않겠어요. 난 지금 급하고 심각합니다. 재능 없는 놈만이 급하게 서두르기 마련이고 별것 아닌 일에 심각하게 군다고 하지만 나는 지금 정말 심각합니다."

표트르가 실제로 심각한 표정을 지으며 말했기에 니콜라이도 표정을 바꾸며 물었다.

"나에 대한 생각을 바꿨다? 무슨 말이오?"

"샤토프에게 한 방 맞은 후에 당신이 뒷짐을 지는 것을 보고 생각을 바꿨습니다. 됐어요. 더 이상 질문은 하지 말아요. 대답하지 않을 테니……. 그냥 말이 나온 김에 한 가지 알려드리지요. 당신이 샤토프를 죽일 거라고 사람들이 내기까지 걸더군요. 됐어요. 그 이야기는 그만하지요. 바로 그날 레뱌드킨 남매를 피신시킨 사람이 바로 납니다. 그들의 주소가 적힌 쪽지를 보내드렸는데 받았나요?"

"받았소. 부탁인데 더 이상 쪽지를 보내지 마시오."

"고작 그것 하나인데……. 알았습니다. 이제 진짜 '일'을 해야 겠습니다. '우리 동지들', 다시 말해 '그들'을 한번 만나주셔야 겠습니다. 바로 지금이 아니라 언제라도 좋습니다. 모두들 둥지의 새 새끼들처럼 입을 쫙 벌리고 내가 어떤 선물을 물어올지 기다리고 있어요. 아주 열정적인 사람들입니다. 뭐든지 토론할 준비가 되어 있는 사람들입니다. 비르긴스키는 인본주의자이고 리푸틴은 경찰 일에 관심이 많은 푸리에주의자(19세기 프랑스의 공상적 사회주의자)입니다. 당신에게 분명히 말씀드리지만 어떤 점에서는 대단히 소중한 사람이고 또 다른 점에서는 엄격히 재갈을 씌워놓아야만 하는 사람입니다. 마지막으로 귀가 긴 사람이 한 명 있는데 자기 식의 새로운 사회 시스템을 만든 사람입니다. 내가 자신들을 함부로 대하고 찬물까지 끼얹었다고 내게 화가 잔뜩 나 있지요. 헤헤, 어쨌건 당신이 꼭 그들을 만나야 합니다."

"아니, 나를 무슨 그 모임의 우두머리로 내세우겠다는 거요?" 니콜라이가 가능한 한 무심한 체하며 말했다.

"아, 뭐, 그렇다기보다는……."

표트르는 말을 얼버무렸다. 그러고는 전혀 딴소리를 했다.

"그런데, 부인 말입니다, 바로 당신 어머니께서, 전에 찾아왔을 때와는 다르게 얼굴에 희색이 가득하시더군요. 어떻게 그렇게 되신 거지요?"

"내가 닷새 후에 리자베타에게 청혼하겠다고 어머니께 말씀드렸기 때문일 거요."

"아, 그래요……. 그런데……." 표트르가 망설이는 듯 말했다. "저쪽에서도 무슨 약혼을 했다는 소문이 들리던데……. 알고 계신가요? 분명히 약혼했어요. 하지만 당신이 옳아요. 그녀는 당신이 부르기만 하면 결혼식장에 있다가도 달려올 테니……. 이런 말 한다고 화내지 않으시겠지요?"

"화 안 났소."

"당신을 화나게 만드는 건 정말 어렵다는 걸 오늘 분명히 알게 되었네요. 당신이 점점 두려워지고……."

니콜라이는 하품을 했다. 그러자 표트르가 모자를 집어 들며 말했다.

"아, 이제 지겹다는 말씀이시군요. 이제 그만 가보겠습니다. 실은 렘브케 지사 부부 이야기로 당신을 좀 즐겁게 해드릴까 했는데……."

"아니, 됐어요. 나중에 합시다. 그나저나 율리야 부인의 건강은 어떻소?"

"건강하게 잘 지내지요. 당신을 존경하며 당신에게 많은 걸 기대하고 있지요. 일요일 사건에 대해서는 입을 꽉 다물고 있어요. 당신은 수수께끼 같은 인물이 되어 있고요. 그리고 그들은 모두 K백작을 두려워하고 있어요. 그들이 모두 당신을 무슨 끄나풀처럼 생각하고 있다는 걸 아세요? 이런 이야기를 해도 화가 안 나세요?"

"괜찮소."

"무슨 말을 해도 괜찮군요. 한 가지 더 알려드리지요. 가가노프라고 아시지요? 당신이 코를 잡아당겨 모욕을 준 고인의 아들…… 그 사람이 당신에게 굉장히 화가 나 있어요. 그리고 내 친김에 한마디 더 하지요. 지금 이곳 근방에 시베리아에서 도망친 유형수 페디카가 어슬렁거리고 있답니다. 그놈이 옛날 우리 집의 하인이었던 것도 아시지요? 15년 전에 아버지가 그를 군대에 보내면서 돈을 받았어요. 눈여겨볼 만한 작자이지요."

니콜라이는 약간 놀란 것 같았다.

"그래, 그 사람과 이야기를 나누어봤소?"

"했지요. 누구든 내 눈을 피할 수는 없으니…… 돈만 준다면 무슨 짓이든 할 위인입니다. 아, 참 한 가지만 더 말씀드리지요.

제1장 밤

189

우리, 방금 전 리자베타 이야기를 했지요? 나도 무슨 짓이든 할 준비가 되어 있는 인간입니다. 가가노프 일도……. 내가 모든 것을 다 처리해줄 수 있고, 내가 없다면 당신 혼자서는 아무것도……. 이제 그만 실례하겠습니다.”

그는 문 앞으로 걸어가더니 다시 뒤를 돌아보며 말했다.

“아마, 샤토프도 그날 그런 식으로 자기 목숨을 걸 권리는 없었다, 이런 말입니다. 무슨 말인지 알아들으셨지요?”

그는 대답도 기다리지 않고 사라졌다.

표트르가 나간 뒤 니콜라이는 무아지경에 빠져 있었다. 그리고 앉은 자세 그대로 잠이 들었다. 바르바라는 자신에게 들르겠다는 약속을 지키지 않고 표트르가 그냥 가버리자 궁금해서 견딜 수 없었다. 그녀는 살그머니 아들의 방문을 열었다. 아들은 거의 죽은 듯 소파에 앉은 채로 잠들어 있었다. 그녀는 약간의 공포까지 느끼며 아들 앞에서 물러 나왔다.

잠시 후 니콜라이는 갑자기 눈을 떴다. 시계가 9시 반을 알렸다. 그때 충복 알렉세이가 한 손에는 외투, 목도리, 모자를, 다른 한 손에는 쪽지가 담겨 있는 쟁반을 가지고 나타났다. 니콜라이가 바르바라 모르게 알렉세이에게 미리 지시해놓았던 것이다.

알렉세이는 쟁반 위의 쪽지를 그에게 건네주었다. 그는 두 줄로 된 메모를 훑어보더니 연필을 들어 쪽지 말미에 두어 마디 적은 뒤 다시 쟁반 위에 올려놓았다.

"내가 나가자마자 전해줘."

그는 옷을 입은 뒤 아무도 본 사람은 없는지, 어머니는 주무시는지 알렉세이에게 물어본 후 살그머니 집에서 빠져나왔다.

그의 등 뒤에 대고 알렉세이가 용기를 내어 물었다.

"언제쯤 돌아오실 예정이신지요?"

"1시나 1시 반. 어쨌건 2시는 넘지 않을 거야."

밖에는 비가 세차게 내리고 있었다. 그가 진창길을 더듬어 찾아간 곳은 보고야블렌스카야 거리였다. 그는 10시가 넘어서야 필리포프 집의 잠긴 대문 앞에 설 수 있었다. 레뱌드킨 오누이가 떠난 이후 아래층은 비어 있었지만 샤토프의 다락방에는 불빛이 새어 나오고 있었다. 그는 손으로 문을 두드렸다. 창문이 열리고 샤토프가 아래를 내려다보았다.

"아, 당신입니까?" 그가 갑자기 물었다.

"그래요, 납니다." 초대받지 않은 방문객이 대답했다.

샤토프는 창문을 쾅 닫은 뒤 아래로 내려와 문을 열었다. 니콜라이는 샤토프에게는 한마디도 하지 않은 채 그의 곁을 지나쳐 곧장 키릴로프가 묵고 있는 곁채로 갔다.

3

키릴로프의 집 문은 열려 있었다. 니콜라이는 안으로 들어갔다. 현관도 어두웠고 첫 번째 방도 어두웠지만 키릴로프가 차를 마시는 마지막 방에는 불이 밝혀져 있었다. 야릇한 웃음소리와 까르륵거리는 소리가 들렸다. 니콜라이는 불이 밝혀져 있는 쪽으로 가서 안으로 들어가는 대신 문지방에 서서 안을 들여다보았다. 탁자 위에 차가 놓여 있었고 그의 친척 할멈이 두 살쯤 된 아이를 품에 안고 서 있었다. 아마 좀 전까지 울고 있었던 듯 눈물 자국이 선명했다. 하지만 지금은 키릴로프를 바라보고 손뼉을 치면서 방긋방긋 웃고 있었다. 키릴로프는 아이 앞에서 공을 위로 던졌다. 공이 바닥에 떨어지자 아이는 "공, 공" 하며 그 뒤를 따라갔다. 공이 장롱 밑으로 들어가자 키릴로프는 바닥에 엎드려 공을 꺼내려 안간힘을 썼다.

니콜라이는 안으로 들어섰다. 그를 보고 놀란 아이가 울음을 터뜨렸고 할멈은 아이를 안고 밖으로 나갔다.

"니콜라이 스타브로긴?" 키릴로프는 니콜라이의 예기치 않은 방문에도 전혀 놀라지 않았다. 그는 니콜라이에게 앉으라고 말한 뒤 그가 자리에 앉자 차를 권했다.

"어인 일로 이런 행차를?"

"당신에게 부탁할 일이 좀 있어서……. 자, 여기 가가노프에게서 받은 편지가 있으니 한번 읽어봐요. 페테르부르크에 있을 때 그 사람 이야기를 내가 당신에게 해준 적이 있지요?"

키릴로프는 편지를 받고 죽 훑어본 후, 마치 설명이라도 기다리듯 니콜라이를 바라보았다. 니콜라이가 설명을 시작했다.

"당신도 알다시피 나는 한 달 전에 그를 페테르부르크에서 처음 만났소. 두세 번 마주쳤지만 말도 걸지 않더군. 그런데 그가 페테르부르크를 떠나기 전에 내게 편지를 하나 보냈습니다. 이 편지처럼 상당히 무례한 편지였는데 도무지 이상한 것이 왜 그런 편지를 보냈는지 전혀 알 수가 없었소. 나는 곧장 그에게 답장을 보냈지요. 아마 4년 전에 내가 그의 부친에게 무례한 행동을 한 것 때문에 화가 나 있는 것 같은데, 병든 상태에서 아무런 생각 없이 저지른 그 짓에 대해서 얼마든지 사과할 용의가 있다고 썼어요. 그는 내게 아무런 말도 없이 그곳을 떠났어요. 그런데 오늘 갑자기 이런 편지를 보낸 겁니다. 아마 누구도 이렇게 무례한 편지를 받아본 사람은 없을 겁니다. 나는 당신이 결투의 입회인이 되는 걸 거절하지 않았으면 하고 찾아온 겁니다."

"그렇군요. 그는 내가 나서서 중재를 하려 해도 절대로 들을 사람이 아닙니다. 그렇다면 어떤 식으로 결투를 할 겁니까?"

"내일 반드시 모든 것을 끝내고 싶습니다. 내일 아침 일찍 그의 집으로 가서 내 뜻을 전하고 1~2시쯤 결투를 할 수 있게 조치를 취해주세요. 장소도 정해주고……. 그런데 혹시 권총이 있습니까?"

"있습니다."

키릴로프는 트렁크 바닥에서 나무 상자를 꺼내더니 뚜껑을 열었다. 놀랍게도 권총이 여러 자루 들어 있었다.

"무기가 아주 많군요. 아주 비싼 것들 같은데요. 그런데 여전히 그 생각입니까?"

아주 모호한 질문이었지만 키릴로프는 즉각 무슨 뜻인지 알아차렸다.

"네." 그는 탁자에 늘어놓았던 무기를 치우며 대답했다.

"그렇다면 언제?" 니콜라이가 잠깐 침묵에 잠겼다가 역시 모호하게 물었다.

"내게 달린 문제가 아니지요. 사람들이 내게 그 말을 할 때……." 그는 당혹한 듯 말했지만 동시에 무슨 질문에라도 대답을 할 준비가 되어 있는 것 같기도 했다.

니콜라이는 잠시 동안 침묵을 지켰다. 이윽고 그가 다시 입을 열었다.

"나는 물론 사람이 자살할 수 있다는 걸 이해합니다. 나쁜 짓이나 치욕스러운 짓을 했을 때, 수많은 세월이 흘러도 사람들이 그걸 기억하고 나를 비웃어주겠지, 라는 생각이 들 때, '관자놀이에 권총을 대고 방아쇠만 당기면 모든 게 끝이야. 아무것도 존재하지 않게 되겠지'라고 생각할 수 있으니까요."

"그래요?" 키릴로프는 심드렁하게 말했다. 하지만 결코 상대방을 비웃는 어조는 아니었다. 그러자 니콜라이가 그에게 약간은 엉뚱한 질문을 했다.

"내가 보기에 당신은 삶을 혐오하는 것 같지 않은데……. 오히려…… 당신은 삶을 사랑하지요?"

"물론입니다. 그래서요?"

"그런데도 자살할 결심을 한다는 건가요?"

"그게 어때서요? 왜 완전히 다른 두 가지를 뒤섞는 거지요?

삶은 존재하는 것이고 죽음은 존재하지 않는 건데……."

"그렇다면 당신은 저세상에서의 영원한 삶을 믿는 겁니까?"

"아닙니다. 나는 저세상에서의 영원한 삶이 아니라 이곳에서의 영원한 삶을 믿습니다. 시간이 갑자기 멈추고 영원에게 자리를 내주는 순간이 있으며, 그 순간은 당신에게도 찾아올 수 있습니다."

"당신은 그 순간에 이르고 싶은 겁니까?"

"그렇습니다."

"그렇다면 그때 시간은 어디다 두지요?"

"아무 곳에도……. 시간은 물질이 아니라 관념이니까요. 그 관념 자체가 정신에서 지워지는 겁니다."

그러자 니콜라이 스타브로긴이 노골적으로 경멸적인 어투로 말했다.

"케케묵은 철학에서 쓰이던 진부한 말이로군. 개벽 이래 언제나 똑같이 되풀이되던 말……. 어쨌든 매우 행복해 보이는군요, 키릴로프!"

"네, 정말 행복합니다. 이제 모든 것이 다 좋아요. 잎사귀를 보아도 좋고……. 이 세상 모든 것은 그 어떤 것이건 다 좋은 겁니다."

"모든 게 다?"

"그래요. 모든 게 다. 사람은 자기가 행복하다는 걸 모르기 때문에 불행한 겁니다. 오로지 그 때문에……. 그게 전부예요! 자신이 행복하다는 걸 알게 되기만 하면, 그 사람은 당장에 행복해질 겁니다."

"아니, 누군가 굶어죽고, 누군가 어린 소녀를 욕보여도, 그게 다 좋은 일이란 거요?"

"그래요. 누군가 그런 짓을 해도 좋은 거고, 그런 짓을 하지 않아도 좋은 거예요. 모든 것이 좋은 거예요. 그 모든 것이 좋다는 것을 아는 모든 사람에게는 좋은 거예요. 그게 다예요. 그 이상은 없어요. 인간들이 선하고 행복하다는 것을 인간들에게 가르칠 수 있는 사람, 그 사람이야말로 이 세상을 끝장낼 수 있을 겁니다."

"하지만 그런 것을 가르쳤던 분을 인간들은 못 박았지요."

"그가 올 겁니다. 그의 이름은 인신(人神)이 될 겁니다."

"신인(神人)?"

"아니, 인신(人神)입니다. 둘은 다릅니다."

"당신은 신자입니까? 하지만 기도를 드리지는 않잖아요."

"나는 모든 것에 기도합니다. 저기 벽 위를 기어가는 거미가 보이지요? 나는 그것을 바라보고 그렇게 기어오르는 거미에 대해 감사해합니다."

니콜라이는 모자를 집어 들며 자리에서 일어났다. 그는 조금은 꺼림칙한 눈길로 상대방을 바라보았지만 비웃는 기색은 없었다.

"내가 다시 당신을 만날 때면 당신은 신을 믿고 있을 겁니다. 내기해도 좋아요."

"왜요?" 키릴로프가 몸을 반쯤 일으키며 물었다.

"당신이 신을 믿는 걸 안다면 당신은 신을 믿게 될 겁니다. 지금은 당신이 신을 믿고 있다는 걸 아직 모르기 때문에 믿지 않는 겁니다." 니콜라이가 웃으며 대답했다.

그러자 키릴로프가 생각에 잠긴 표정으로 말했다.

"그런 게 아닌데……. 내가 한 말을 그대로 패러디했군요. 그런 건 사교계에서나 통하는 거지요. 당신이 내 삶에서 어떤 의미를 지녔는지 상기해봐요."

인사를 나눈 후 니콜라이는 밖으로 나왔다.

밖으로 나온 니콜라이는 샤토프의 다락방으로 향했다. 문은 잠겨 있지 않았지만 계단은 그야말로 칠흑같이 어두웠다. 샤토프는 밖으로 나오지 않고 방문을 연 채 안에 서 있었다.

"용건이 있어 찾아왔소. 들어가도 되겠소?"

"물론이지요. 어서 들어오세요."

니콜라이가 안으로 들어서자 샤토프는 문을 잠갔다. 두 사람은 마주 보고 앉았다. 샤토프는 조금 여윈 것 같았고, 열도 있어 보였다.

"당신 때문에 정말 괴로웠어요." 샤토프가 눈길을 밑으로 향한 채 낮은 목소리로 말했다. "당신이 왜 찾아오지 않는지 내내 의아하게 생각했어요."

"내가 찾아오리라고 확신했다는 거요?"

"네, 당신이 나를 죽이러 올 것 같았어요."

"아니, 난 화해하러 온 거요. 그 전에 우선 설명을 좀 듣고 싶어요. 나를 때린 게 당신 전 부인과 나의 관계 때문은 아니지요?"

"그 때문이 아니라는 건 당신이 더 잘 알지 않습니까?" 샤토프가 여전히 눈을 내리깐 채 대답했다.

"그게 아니라면 다샤와의 그 멍청한 유언비어를 믿었기 때문이오?"

"아니, 절대로 아니에요! 여동생이 처음부터 내게 다 이야기해주었어요."

"그렇다면 내 생각이나 당신 생각이나 똑같은 거로군." 니콜라이 스타브로긴이 조용한 어조로 말했다. "당신이 옳소. 마리야는 나의 합법적인 아내요. 우리는 4년 반 전에 페테르부르크에서 결혼했소. 그 때문에 나를 때린 것 아니오? 맞지요?"

샤토프는 아연한 표정으로 말없이 그의 말을 듣더니 중얼거렸다.

"그러려니 짐작은 했지만 믿을 수 없었어요……."

"그래서 날 때린 거요?"

샤토프는 얼굴을 붉히더니 앞뒤가 안 맞는 말을 중얼거렸다.

"당신이 타락했기에……. 당신이 거짓말을 했기에……. 당신에게 다가갈 때 당신을 벌주겠다는 생각은 없었는데……. 내가 당신을 때렸다는 사실조차……. 내가 당신을 때린 것은……. 당신이 내 삶에서 너무나 중요한 사람이기에……."

"알았어요, 알았어. 자, 말을 아낍시다. 당신이 너무 흥분해 있어서 문제인데……. 아주 급한 일로 당신을 찾아왔거든……."

"당신을 너무 오랫동안 기다렸어요. 하지만 어서 당신 일을 말해주세요. 내 이야기는 그다음에……."

"음, 이건 전혀 다른 종류의 이야기인데……. 단도직입적으로 말하리다. 그들이 당신을 죽일지도 모른다는 걸 알려주려고, 일부러 이런 시간을 택해서 온 거요."

샤토프는 깜짝 놀란 듯 의혹에 가득 찬 눈길로 그를 바라보았다.

"내게 위험이 닥쳐오고 있다는 건 알고 있었습니다." 그는 또박또박 말했다. "하지만, 당신, 당신이 어떻게 그런 소식을?"

"왜냐하면, 나도 당신처럼 그들에게 속해 있으니까……. 나도 당신과 마찬가지로 그 단체의 회원이니까."

"다, 당신이…… 그 단체의 회원이라고요?"

"당신 눈을 보니, 당신이 나의 모든 것을 예상했지만 그것만은 예상하지 못했다는 걸 알겠군요." 니콜라이는 미소를 띠며 말했다.

"믿을 수 없어요! 당신 말을 듣고도 믿을 수 없어요!" 샤토프는 탁자를 내리치며 흥분해서 말했다. "난 그들이 두렵지 않아요! 난 그들과 완전히 갈라섰어요. 그런데…… 당신이 정확히 뭘 알고 있는 거지요?"

"자, 진정해요. 내가 뭘 알고 있느냐고? 당신이 2년 전 외국에 있을 때 이 단체에 가입했다는 것, 그때는 당신이 아메리카로 떠나기 바로 직전이며 우리가 마지막으로 대화를 나눈 직후라는 것뿐이지. 당신이 아메리카에서 보낸 편지에서 우리들이 나눈 마지막 대화에 대해 많은 이야기를 썼더군. 답장을 못 해서 미안해요."

"돈만 보내주셨지요. 잠깐만!" 샤토프는 서둘러 책상 서랍을 열더니 그 안에서 수표 한 장을 꺼냈다.

"자, 받아요. 당신이 내게 보내주었던 100루블입니다. 그 돈이 없었다면 거기서 굶어 죽었을 겁니다. 그리고 당신 어머니가 도와주지 않으셨다면 이렇게 빨리 갚을 수도 없었을 겁니다. 내가 병을 앓고 난 뒤 당신 어머니가 나를 가엾게 여겨서 주신 돈입니다. 자, 이 돈을 받으시고 어서 이야기를 계속하세요. 당신이 알고 있는 걸."

"아메리카에서 당신의 생각이 바뀌었지. 그리고 스위스로 돌아오자 단체에서 탈퇴하려 했고……. 하지만 그들은 탈퇴하겠다는 당신의 서신에 아무런 응답도 하지 않고 무슨 새로운 임무를 맡겼지요. 당신은 어떤 한 가지 일만 끝나면 당신을 풀어줄 것이라는 언질을 받고 그 일을 떠맡았고……. 아마 인쇄 일인 것 같은데……. 하지만 당신이 아직 모르고 있는 게 있소. 그들은 결코 당신과 헤어질 생각이 없다는 것……."

"말도 안 돼! 나는 모든 점에서 그들과 다르다고 경건하게 선언했는데! 그건 내 권리예요! 양심과 사상의 권리!"

"쉿, 그렇게 소리치지 말아요. 그 표트르 베르호벤스키라는
작자는 어디서든 당신의 말을 엿듣고 있는지도 모르니까…….
그 술주정뱅이 레뱌드킨은 당신을 감시하고, 당신도 그를 감시
해야 하지요? 서로를 감시하게 만드는 게 놈의 수법이니까. 키
릴로프조차 당신에게서 정보를 캐내고 있다니까……. 게다가
놈들에게는 수많은 끄나풀들이 있어요. 심지어 자신이 그 단체
를 위해 일한다는 것조차 모르는 사람들도 있어요. 한마디로
당신은 언제 어디서나 감시당하고 있어요. 표트르가 이곳에 온
것은 당신에 관한 일을 완전히 해결하기 위해서요. 당신이 너
무나 많은 것을 알고 있기에 언제고 밀고할 수 있는 당신을 없
애는 것, 그게 그의 임무요. 한 가지 더 덧붙이지. 무슨 근거에
서인지, 그들은 당신이 첩자이며, 아직 밀고를 하지는 않았지만
언젠가 밀고할 것이라고 철석같이 믿고 있소."

지극히 평온한 어조의 그 질문을 듣고 샤토프는 얼굴을 찌푸
렸다.

"아니, 내가 첩자라고 칩시다. 도대체 어디에 밀고를 한다는
겁니까? 제기랄! 도대체 그런 게 나랑 무슨 상관 있다고!" 그는
화를 내며 대답 아닌 대답을 했다. 그리고 갑자기 큰 소리로 니

콜라이에게 외쳤다. 자신의 신변이 위험하다는 소식 따위보다 훨씬 그에게 큰 충격을 주었던 의혹이 다시 그를 사로잡았던 것이다.

"스타브로긴, 아니 당신이 어떻게 천한 놈들의 그 바보 같은, 뻔뻔스러운 집단에 들어갈 수 있었던 겁니까! 오, 당신이 그곳 회원이라니! 그게 니콜라이 스타브로긴에게 어울릴 만한 일인 가요!"

그는 마치 절망에라도 빠진 듯 울부짖었다. 마치 그에게 그보다 더 쓰라린 일은 없는 것 같았다.

니콜라이가 깜짝 놀라서 말했다.

"미안하지만, 당신은 나를 무슨 태양처럼 여기고 당신은 그 옆에 있는 작은 벌레처럼 여기고 있군요. 당신이 아메리카에서 보낸 편지에서도 이미 느낀 거지만……."

"오, 제발……. 제 이야기는 하지 말고……. 제발 당신 일에 대해 어떤 식으로건 설명을 해주세요. 내 질문에 대답을 해주 세요!" 샤토프는 열에 들떠 외쳤다.

"좋아요. 실은 나는 그 단체에 정식으로 가입한 게 아니오. 우연한 기회에 그들에게 도움을 준 일이 있는 정도지. 그들 조직의 구조 개편에 참여한 정도요. 그리고 나는 그들의 회원이 아니며 언제고 자유롭게 결별할 수 있다고 선언하기도 했소. 그런데 그들이 이제는 나를 풀어주는 게 위험하다고 생각하고 나를 협박하고 있지. 말하자면 나도 당신처럼 선고를 받은 셈이랄까…… 어쨌든 표트르 베르호벤스키는 집요한 사람이니 조심해야 하오."

"아, 정말로 빈대 같은 놈! 러시아에 대해서는 아무것도 모르는 불한당에 바보 같은 놈!" 표트르의 이름이 나오자 샤토프가 분노한 듯 소리쳤다.

그러자 니콜라이가 차분한 목소리로 말했다.

"당신은 그를 잘 모르는군. 그들 모두가 전반적으로 러시아를 잘 모른다는 건 사실이에요. 하지만 당신과 나도 그들보다 조금 더 알까 말까 할 정도일 뿐이오. 어쨌든 그들은 나도 첩자라고 믿고 있어요."

"두렵지 않으신가요?"

"아뇨, 전혀 두렵지 않소. 하지만 당신의 경우는 전혀 문제가 다르지. 그들이 바보니 어쩌니 하면서 위험을 무시한다면 잘못이오. 중요한 건 그들이 똑똑하냐 바보냐 하는 게 아니오. 그들은 당신과 나 말고 이미 다른 사람들에게도 손을 쓰기 시작했어요. 그나저나 벌써 11시 15분이군." 그는 의자에서 일어나며 샤토프에게 덧붙였다. "이 문제와는 전혀 다른 문제에 대해 한 가지 묻고 싶은 게 있는데……."

"제발! 어서 질문을 해주세요! 그다음에 나도 질문을……. 아니, 난 할 수 없어……. 어서, 질문을 해줘요."

스타브로긴은 잠시 뜸을 들였다 말했다.

"듣자하니 당신이 마리아에게 영향력이 좀 있다고……. 그녀가 당신 말을 듣는 걸 좋아한다고 하던데, 사실이오?"

"그래요, 내 말에…… 귀를 기울이기는 하지만……." 샤토프는 약간 당혹한 듯 말했다.

"난 조만간 내가 그녀와 결혼했다는 사실을 공식적으로 발표할 작정이오."

"어떻게 그런 일이? 그게 가능한 일입니까?" 샤토프가 거의 공포에 가까운 표정을 지으며 물었다.

"그게 무슨 말이오? 왜 가능하지 않다는 거지? 하나도 어려울 게 없어요. 결혼 증인들이 모두 여기 있으니까. 누군지 말안 해도 알겠지요? 키릴로프와 표트르…… 그리고 레뱌드킨까지……. 지금까지 그 일이 알려지지 않은 건 그 세 명이 비밀을 지키겠다고 약속했기 때문이에요."

"그럼, 아이는? 그녀가 아이 이야기를 중얼거린 건?"

"그녀가 아이 이야기를 중얼거린다고요? 처음 듣는 소리군요. 그녀에게는 아이가 없어요. 있을 수도 없고……. 마리야는 처녀요."

"아, 그럴 줄 알았어요. 아, 당신이 왜 그런 결혼을 하고, 그런 식으로 스스로에게 징벌을 내리려는 걸까요? 아, 그건 나중에 이야기해요. 이제부터 정말 중요한 이야기를 하고 싶어요. 나는 그 이야기를 하고 싶어서 당신을 2년간이나 기다려왔어요."

"정말로?"

"너무 오래 기다렸어요. 나는 끊임없이 당신을 생각했어요. 당신만이 그걸 할 수 있으니까……. 이미 아메리카에 있을 때 그 문제에 대해 당신에게 편지를 했지요."

"나는 당신 편지를 잘 기억하고 있소."

"전부 다 읽기에는 너무 길었죠? 여섯 장이나 됐으니……. 제게 제발 10분만 줘요……. 나는 정말 너무 오래 기다렸어요."

"좋아요, 30분을 줄게요. 하지만 그 이상은 곤란해요. 가볼 데가 있어서."

"하지만 내 이야기를 들으려면 당신은 그런 말투를 바꾸어야만 해요. 잘 들으세요. 나는 간청을 해야 할 판에 요구를 하고 있는 겁니다. 간청을 해야 할 판에 요구를 한다는 게 어떤 건지 아세요?"

"잘 알지요. 보다 드높은 목표를 위해 모든 일반적 관습 따위는 뛰어넘겠다는 거 아니오?" 니콜라이가 웃으며 말했다.

"제발 나를 좀 존중해줄 수 없어요? 당신이 나를 존중해주길 요구하는 거라고요. 내 인격을 존중해달라는 게 아니라⋯⋯. 그와는 다른 것⋯⋯. 우리가 대화를 나누게 될 그 순간만이라도⋯⋯. 우리는 무한 속에서 만난 두 존재예요! 그리고 이렇게 마지막으로 서로를 보고 있고⋯⋯. 그따위 사교계 미소나 도련님 근성은 집어던지고 한 인간으로서 말을 나누자는 겁니다."

그는 거의 정신이 혼미해 보일 정도로 흥분해 있었다. 니콜라이도 한층 심각한 표정을 지었다.

"좋소, 어디 들어봅시다."

샤토프는 몸을 앞으로 기울인 채 이야기를 시작했다.

"당신은 알고 있나요? 지금 세계 전체에서 이 세상을 갱신하고 새로운 신의 이름으로 세상을 구원할 유일한 민족, 생명과 새로운 말씀의 열쇠를 지니고 있는 유일한 민족, '신을 잉태하고 있는' 민족이 누구인지? 그 민족의 이름이 무엇인지?"

"당신 질문하는 투를 보니 결론적으로 말해도 되겠네. 러시아 아니오?"

"제발 그런 식으로 빈정거리지 말아요. 내가 그 집단에 들어가고 아메리카로 간 건 아직 당신을 믿고 싶지 않았고 믿을 수 없었기 때문이었어요. 그래서 아메리카에서 당신에게 편지를 쓴 것이고. 당신이 사용했던 민족이라는 말이, 아메리카에서 헛간에 누워 있는 동안 계속 나를 짓눌렀어요. 그리고 그 시기에 그 편집광 키릴로프의 가슴에도 당신이 독을 퍼뜨렸다는 걸 알게 되었어요……. 그는 당신의 창조물이에요. 하지만 나는 당신의 말을 다르게 받아들였어요. 당신 '무신론자는 러시아인이 될 수 없다'라고 했던 말 기억하나요?"

"어허, 내가 그런 말을 했던가?"

"아니, 당신이 그걸 묻다니? 설마 그걸 잊었을 리가? 당신은 '러시아 정교도가 아니면 러시아인이 될 수 없다'고도 했어요."

"그건 슬라브주의 같은데……."

"아니, 슬라브주의와는 달라요. 당신이 한 말을 내가 당신에게 설명해야 하다니! 당신은, 로마 가톨릭은 '지상의 왕국' 없이는 그리스도가 존재할 수 없게 만듦으로써 반그리스도를 선언한 것과 같다고 했어요. 그리고 그 때문에 서구 전체를 파멸로 이끌었다고. 프랑스가 고통받은 것도 순전히 로마 가톨릭 때문이라고 당신은 말했어요. 프랑스는 로마의 오염된 신은 거부했지만 새로운 신을 찾지 못했다고."

그러자 니콜라이 스타브로긴이 샤토프에게 말했다.

"이전의 내 생각들을 남의 입을 통해서 들으니 기분이 별로 좋지 않군. 대체 왜 이런 심술궂은 심문을 계속하는 거요?"

"뭐, 당신에게는 아무런 흔적도 남기지 않고 지나가버릴 심문일 텐데요. 그러니 그때 당신이 내게 남긴 당신의 사상을 참고 들어줘요."

"어디 한번 말해보시오. 좀 줄여서, 결론만이라도."

샤토프는 니콜라이의 요구와는 반대로 마치 책을 읽듯이 자신이 기억하고 있는 내용들을 암송하기 시작했다.

그가 암송한 내용을 요약하면 다음과 같다.

그 어떤 국가도 과학과 이성의 이름으로 건설된 적은 없었다. 사회주의는 그 본질상 무신론이 되어야 한다. 국가가 과학과 이성의 이름으로 건설되어야 한다고 선언했기 때문이다. 하지만 과학과 이성은 창세기부터 부차적인 역할만을 수행했을 뿐이다. 국가는 기원을 알 수도 없고 설명할 수도 없는 그 어떤 힘의 명령과 지배에 의해 움직인다. 이 힘은 끝에 도달하려는 멈출 수 없는 욕망이면서 동시에 그 끝에 대한 부정이다. 나는 그것을 간단히 '신에 대한 추구'라고 부르고 싶다. 신은 민족 전체의 시작과 끝을 아우르는 종합적인 인격이다. 그 신은 각 민족마다 다르다. 여러 신들이 단일한 신으로 통합된다는 것은 민족성이 파괴되었음을 뜻한다. 그렇게 되면 신들과 그 신들에 대한 믿음은 그 민족과 함께 죽어버린다. 모든 민족은 모두 나름대로 종교를 갖고 있고 나름대로의 선악을 갖고 있다. 선과 악에 대해 모든 민족이 공통되는 개념을 갖게 되면 역으로 선과 악의 차이가 지워지고 사라진다. 이성은 결코 선악을 정의할 힘이 없으며 비슷하게나마 그것을 구별할 힘도 없다. 그런데도 과학은 주먹구구식 해결을 내놓는다. 그것은 과학이 아니라 반쪽 과학이다. 그 반쪽 과학은 지구상에 존재했던 그 어떤 질병이나 전쟁보다 고약하다. 그것은 전례를 찾아볼 수 없는 폭군이다. 모두들 그 반(半)과학을 경배하고 심지어 과학까지도 그 앞에서 전율하면서 그것의 전횡을 묵과한다.

일장 연설과 같은 긴 암송이 끝나자 샤토프가 말했다.
"이게 바로 당신이 한 말 그대로입니다."

"글쎄요, 내 생각을 정열적으로 받아들이다보니 자신도 모르게 당신이 바꿔 말했을지도……. 신이라는 존재를 단순히 민족성의 속성으로 끌어내린 경우만 보더라도……." 니콜라이는 샤토프를 조심스레 살펴보면서 말했다.

"신을 민족성의 속성으로 끌어내렸다고요?" 샤토프가 소리쳤다. "아니지요. 오히려 민족을 신으로까지 끌어올린 겁니다. 민족, 그건 신의 몸입니다. 창세기 이래 모든 민족이 다 그래왔습니다. 유대인들은 오로지 진정한 신을 기다리며 살았습니다. 그리고 진정한 신을 세상에 내놓았습니다. 그리스인들은 자연을 신격화했습니다. 그리하여 그들의 종교, 즉 철학과 예술을 남겼습니다. 로마는 국가 내의 백성들을 신격화했고 민족 대신 국가를 남겨주었습니다. 프랑스는 오랜 기간 로마의 신이라는 관념을 자신들 안에서 육화시키고 발전시켜왔지만, 결국 그 로마의 신을 심연 속으로 던져버리고 무신론에 몰입하게 되었습니다. 어떻게 보건 무신론이 로마 가톨릭보다 건강했기 때문입니다. 어느 민족도 자기 민족 속에, 그것도 오로지 자기 민족 내에만 진리가 있다는 것을 믿지 않는다면, 자기 민족만이 그 민족의 진실로 모든 사람을 부활시키고 구원할 능력이 있음을 믿지 않는다면 그 민족은 위대한 민족이 될 수 없습니다. 그 민족은 단지 인종지리학적인 물질일 뿐입니다. 그러니 우리 러시아는 '신을 잉태하고 있는' 유일한 민족이라는 믿음을 가져야만 비로소 신을 잉태할 수 있습니다." 샤토프는 자리에서 벌떡 일어났다. 그는 매우 흥분해 있었고 입에는 게거품까지 물고 있었다.

샤토프의 말이 끝나자 니콜라이가 진지하고 신중하게 대답했다.

"당신의 열렬한 말을 통해서 내가 이전에 가졌던 생각들이 생생하게 되살아나는군. 더 이상 당신이 내 생각을 바꾸거나 과장했다고는 하지 않겠소. 하지만, 오로지 한 가지는 꼭 알고 싶군. 당신 자신은 신을 믿습니까, 안 믿습니까?"

"난 러시아를 믿어요! 러시아 정교를 믿고…… 그리스도의 육신을 믿고…… 새로운 메시아의 도래가 러시아에서 이룩되리라는 것을 믿고……." 샤토프는 거의 광적인 흥분 상태에서 헐떡거리듯 말했다.

"아니, 신을 믿느냐 이겁니다. 신을 믿습니까?"

"난…… 난…… 신을 믿을 겁니다. 하지만 지금으로서는, 지금으로서는…… 저는 그냥 아무것도 아니라는 것을 당신에게 말해주고 싶을 뿐이에요. 문제는 당신이지 나처럼 하찮은 인간이 아니잖아요! 그래서 나는 2년 동안 여기서 당신을 기다려왔어요."

그는 말을 채 끝내지도 못하고 마치 절망에 젖은 듯 두 손으로 머리를 감싸 쥐었다. 그런 그를 가만히 보고 있던 니콜라이 스타브로긴이 갑자기 말했다.

"정말 이상한 게 있어요. 왜 모두들 나보고 그 어떤 깃발이건 들라고 하는 건지! 표트르도 내가 그들의 깃발을 들 수 있는 사람인 양 말하고 있고……. 내게 '범죄를 저지를 비상한 능력'이 있다면서."

"아니 뭐요? '범죄를 저지를 비상한 능력'이라고요? 그렇다면 사실이었군요. 당신이 페테르부르크에서 어떤 음탕한 조직에 가입했었던 게? 사드 후작조차 한 수 배워야 할 그런 조직의 일원이었던 게? 정말 어린애를 유혹해서 욕보였다는 말입니까?"

"아니, 그런 적 없어요. 내가 반 시간 동안이나 당신의 채찍을 맞으며 앉아 있었으니 이제 좀 정중하게 풀어줄 때가 되지 않았나요? 자, 이제 문을 열어줘요." 그 말과 함께 니콜라이는 의자에서 일어났다. 그러자 샤토프가 그의 양어깨를 잡으며 외쳤다.

"대지에 입을 맞춰요! 그 땅을 당신의 눈물로 적셔요! 용서를 빌어요! 아아, 나는 왜 당신을 영원히 믿어야만 하는 운명에 빠진 것인지! 당신이 떠난 후 내가 당신 발자국에 입을 맞추지 않을 것 같아요? 아아, 니콜라이 스타브로긴! 당신을 내 심장에서 떼어낼 수가 없어요."

"샤토프, 당신을 사랑할 수 없어서 유감입니다." 니콜라이가 차갑게 말했다. "하지만 한 가지는 정말로 부탁해요. 마리야 티모페예브나를 제발 그냥 내버려두지 말아요. 만일의 경우에 대비해서 하는 말입니다. 아무튼 샤토프, 당신 집에는 다시 오지 않을 겁니다." 그 말을 남기고 니콜라이는 밖으로 나갔다.

제2장 밤 - 계속

1

니콜라이는 생각에 몰두해서 길을 걸었다. 깊은 생각에 잠겨 한참 걷다보니 그는 자기도 모르는 새, 강물을 가로지르는 다리 위에 와 있었다. 주변에는 아무도 없었다. 그때였다. 누군가의 정중하면서도 친근한 목소리가 팔꿈치 바로 아래에서 들렸다. 그는 깜짝 놀랐다.

"선생님, 실례지만 우산 좀 같이 쓸 수 있을까요?"

실제로 사람의 형상 하나가 우산 밑으로 기어들어오더니 니콜라이에게 바싹 붙어 그와 나란히 걸었다. 니콜라이는 그를 자세히 뜯어보았다. 어둠 속이었지만 허름한 옷차림을 한 마흔 살 정도의 야윈 사내인 것을 알 수 있었다.

"당신 나를 알고 있나?" 니콜라이가 물었다.

"스타브로긴 나리입죠. 지난주 일요일에 기차가 역에 멈췄을 때, 누군가 나리를 가리키며 일러줬지요. 나리에 대한 이야기도 많이 들었습니다요."

"표트르 스테파노비치에게서? 자네가 그 유형수 페디카?"

"세례명은 표도르 표도로비치입니다요. 엄니는 여전히 이 근처에서 살고 있지요. 밤낮으로 이 몸을 위해 기도를 드리고 있습니다요."

"자네, 감옥에서 도망쳤지?"

"운수를 바꾼 거지요. 뭐, 성직자 일을 포기한 셈이랄까? 한번 그 길에 들어서면 너무 오래 잡아두거든요."

"여기서 뭐 하는 거지?"

그는 "뭐, 그냥 밤낮으로……"라고 중얼거린 후 이런저런 횡설수설을 늘어놓더니 적선을 해달라고 애걸했다.

니콜라이가 말했다.

"그러니까 이 다리에서 나를 감시하고 있었다는 말이로군. 누구 명령이야?"

"명령이라니요? 그런 거 없습니다. 단지 저는 나리가 자비로

우시다는 것만 알고 있습지요. 세상이 다 아는 사실 아닙니까요. 나리, 벌써 사흘째 배부르게 먹지를 못했습니다요. 제발 적선 좀…….'"

"그래, 표트르가 너한테 뭘 주겠다고 약속하고 이런 일을 시킨 거야?"

"그분 쪽에서 약속한 건 아무것도 없습니다요. 다만, 제가 나리께 도움이 되어드릴 일이 있을 거라고만 말씀하셨지요. 한데 그게 어떤 건지요? 설명을 자세히 안 해주었거든요. 그분은 저를 믿지 않아서……."

"왜 믿지를 않지?"

"그분은 천문학자라서 저 하늘의 별에 대해서도 죄다 알고 있지요. 하지만 그게 그분의 결점이기도 해요. 나리 앞에 서 있으니 마치 하느님 앞에 서 있는 것 같습니다요. 나리에 대한 말씀을 많이 들었거든요. 하지만 그분은 나리와 천양지차이지요. 그분은 누군가를 한번 비열한 사람이라고 보면 그 사람이 비열하다는 것 외에는 그 사람에 대해 아무것도 모릅니다요. 누군가를 바보라고 단정 지으면 그 사람에게서 바보 외에는 볼 줄 몰라요. 제가 화요일에는 바보였다가 수요일에 똑똑해질 수도 있는 노릇 아니겠습니까? 예컨대 그분은 제게 여권이 정말로 필요하다는 것을 알고는 저를 손아귀에 넣었다고 생각하고 있어요. 참으로 마음 편한 양반이지요. 사람을 자기 식으로 판단해놓고는 그 생각을 바꾸는 법이 없으니까요. 게다가 그 양반은 정말 인색해요. 어쨌든 그 양반은 제가 자기 명령 없이도 나리를 귀찮게 해드리리라고는 꿈도 꾸지 않고 있어요. 나리, 저는 벌써 나흘째 이 다리에서 나리를 기다리고 있었습니다요. 그 양반 없이 저 홀로 제 길을 가기 위해서 말입니다. 짚신 아래 머리를 숙이느니 구두 밑에 머리를 숙이는 게 낫다고 생각했습죠. 제게 3루블만 적선해주십쇼."

"아니, 내가 언젠가 이리로 올 거라고 누가 가르쳐준 거야?"

"솔직히 말씀드리면 그냥 우연히 알게 됐습지요. 레뱌드킨이 워낙 칠칠치 못한 인간이라서……. 그냥 막 떠벌린단 말이야."

"자, 이제 다리를 다 건넜어. 난 왼쪽으로 가야 하고, 넌 오른쪽으로 가야 해. 난 네게 단 한 푼도 주지 않겠어. 앞으로 절대로 내 눈에 띄지 않도록 해. 안 그러면 당장 너를 묶어서 경찰에 넘길 테니!"

"그렇다면 제가 동아줄을 마련해드려야겠네요. 나리, 조심해가십쇼. 저 같은 놈에게 우산을 받쳐주셨으니 그것만으로도 무덤에 들어갈 때까지 감사할 일입니다요."

그는 멀어져 갔다. 니콜라이는 생각에 잠겨 길을 계속 걸었다. 하늘에서 떨어진 것 같은 이 작자는 자신이 그에게 꼭 필요하리라고 확신하고 있었고, 노골적으로 그것을 드러냈다. 게다가 이 부랑자는 표트르 스테파노비치 모르게 자기가 니콜라이를 위해 무언가 해줄 수 있다고 제안한 셈이었다. 니콜라이는 도대체 그가 뭘 해줄 수 있다는 것인지 궁금할 뿐이었다.

니콜라이는 문자 그대로 도시 끝의 황량한 거리에 있는 한 건물로 들어섰다. 아직 채 다 짓지 못한 목조건물이었다. 창문턱 한곳에 촛불이 밝혀져 있었다. 오늘 밤 늦게 찾아오기로 되어 있는 손님에게 등대 구실을 하도록 켜놓은 것이 분명했다.

니콜라이가 집 앞으로 다가가자 현관 앞에 키 큰 사내 한 명이 서 있는 것이 보였다. 니콜라이를 보자 그가 초조함과 소심함이 뒤섞인 목소리로 외쳤다.

"당신인가요, 당신!"

"그렇소, 나요." 니콜라이는 우산을 접으며 말했다.

"드디어 오셨군요!" 레뱌드킨이 우산을 받으며 말했다. 그렇다! 그는 바로 레뱌드킨이었다.

"반드시 오시겠다는 쪽지를 하인 편에 보내셨지요? 그렇지 않았다면 안 오실 줄 알고 절망했을 겁니다."

"자정이 넘었군. 12시 45분이야." 니콜라이는 문턱을 넘어서면서 시계를 들여다보았다. 이어서 그는 레뱌드킨의 얼굴을 흘낏 바라보았다. 그는 술을 입에 대지 않은 지 벌써 여드레나 되었지만 얼굴이 싯누렇게 부어 있었다. 그는 이야기를 어떻게 꺼내야 할지 몰라 하는 것 같았다.

"보시다시피, 이렇게 성자처럼 살고 있습지요. 여기 와서 정신 바짝 차렸습니다. 술 한 방울도 입에 대지 않았습니다."

그러면서 그는 버릇대로 또 시를 읊어댔다.

"마리야는?" 니콜라이가 물었다.

"한번 보시겠습니까?" 레뱌드킨은 다른 방으로 통하는 문을 가리켰다.

"자고 있는 건 아니오?"

"아니, 그럴 리가 있습니까? 카드 점을 치고 있습니다."

"아니, 지금은 됐소. 그 전에 우선 당신과 이야기를 끝내고 싶소."

"아, 네…… 저도 바라던 일이고……. 아, 니콜라이 스타브로긴 씨, 제가 당신을 얼마나 기다렸는지……. 이제 당신이 제 운명을 결정해주십시오……. 아, 저 불쌍한 것……. 4년 전과 마찬가지로 당신 앞에 모든 것을 털어놓겠습니다……. 그때 당신은 제 말을 들어주셨고 제 시를 읽어주셨지요. 오, 제 삶에서 너무나 큰 의미를 지니신 분! 이제 저는 너무나 두려운 마음으로 당신의 충고를 기다리고 있습니다. 표트르는 저를 정말 가혹하게 대합니다." 그야말로 횡설수설이었다.

"당신을 가만히 보고 있자니 4년 전이나 변한 것 없이 그대로인 것 같소. 하긴 인생의 후반기는 전반기에 축적된 습관들로 이루어지기 마련이니까."

"삶의 매듭을 풀어주는 고귀한 말씀이십니다. 저는 정말로 당신의 경구를 좋아합니다. 언젠가 이런 말씀을 하셨지요. '상식에 맞설 수 있으려면 위대한 사람이 되어야 한다.' 저는 그 말을 정말 좋아해서 지금도 외우고 다닙니다."

"위대한 사람이 되거나 바보가 되거나. 그렇다면 묻고 싶군. 대위, 당신은 어떻게 행동했소?"

"술에 절어 지냈지요. 게다가 도처에 적들이 널려 있고……. 하지만 이제 다 끝났습니다. 저는 뱀처럼 허물을 벗었습니다. 니콜라이 스타브로긴, 제가 유서를 써놓은 것을 아십니까?"

"그거 재미있군. 그렇다면 누구에게 무엇을 남기기로 했소?"

"제 살가죽을 기증해서 북을 만드는 데 쓰라고 하지요. 군대에 기증할 겁니다. 그리고 제 해골은 아카데미에 물려줄 겁니다. 단, 그 해골에 '회개한 자유사상가'라는 꼬리뼈를 달아놓는다는 조건으로 말입니다. 웃으시는군요. 아시다시피 제 꼬락서니가 그렇습니다. 심지어 이제 시도 쓰지 않습니다. 하지만 저는 아직 페테르부르크 꿈을 꾸고 있습니다. 재생에 대한 꿈을 꾸는 겁니다. 은인이시여! 당신께서 제 여행 경비 마련하길 거절하시지는 않으시겠지요? 저는 일주일 내내 태양을 기다리듯 당신을 기다려왔습니다."

"미안하지만 안 되겠소. 우선, 내게 이제 남은 돈이 거의 없소. 설사 있다 하더라도, 내가 왜 당신에게 그 경비를 대주어야 하오?"

레뱌드킨의 뻔뻔스런 부탁을 듣고 니콜라이는 화가 치솟았다. 그는 대위가 그동안 저지른 못된 짓들을 차갑게 몇 마디로 열거했다. 그의 술주정, 어리석음, 마리야에게 준 연금을 가로채고 그녀를 수녀원에서 꺼내온 일, 비밀을 폭로하겠다는 협박 편지들, 다샤에게 한 짓 등등. 대위는 발을 동동 구르며 반박하려 했지만 그때마다 니콜라이가 제지했다.

"자, 마지막으로 한마디만 더 합시다. 당신은 편지마다 '가족의 불명예' 이야기를 하던데, 당신의 누이와 나 스타브로긴이 결혼한 게 어째서 불명예라는 거요?"

"아무도 모르는 결혼이잖습니까? 숙명적인 비밀! 저는 당신에게 돈을 받으면서 스스로에게 묻습니다. 내가 무슨 명목으로 이 돈을 받는 거지? 하지만 내 손발은 묶여 있습니다. 내 누이의 평판을 위하여, 내 가족의 명예를 위하여."

그는 약간 의기양양했다. 그는 언제나 그 주제를 갖고 이야기하길 좋아했다. 오오, 하지만 이 얼마나 경천동지할 일이 그를 기다리고 있었단 말인가!

니콜라이가, 아주 평범한 세상사를 이야기하듯 차분한 목소리로 며칠 내로, 빠르면 내일이나 모레 자신의 결혼을 경찰과 사교계에 알릴 것이라고 말했던 것이다. 이어서 그는, 그렇게 되면 가족의 불명예 문제도 끝날 것이며 보조금 문제도 종결될 것이라고 말했다. 대위의 눈이 휘둥그레졌지만 처음에는 도무지 무슨 말인지 알아듣지도 못하는 것 같았다.

"하지만 그 애는…… 제정신이 아닌데요?"

"내가 다 알아서 할 거요."

"하지만…… 당신 어머니께서는?"

"어머니는 어머니가 알아서 하시겠지."

"그러면, 그 애를, 아니 당신 부인을 집으로 맞아들이겠다는 건가요?"

"당신이 일일이 관심을 가질 건 없지 않소?"

"아니, 저는 어떻게 하라고! 이거 원 소송이라도 제기해야지! 이제까지 저 애 덕분에 집세라도 내며 지낼 수 있었는데⋯⋯. 당신이 이렇게 나를 내팽개친다면⋯⋯."

"당신 페테르부르크로 가서 팔자 고쳐볼 심산이라며? 어디, 정직하게 말해보시지. 밀고라도 할 셈인가? 벌써 무슨 일을 저지른 건 아닌가? 이미 편지 같은 것을 보낸 건 아닌가?"

"아니, 아직 아무 짓도 안 했습니다. 그런 생각은 해본 적도 없습니다."

"그런 생각은 해본 적도 없다니! 어디서 그런 새빨간 거짓말을⋯⋯. 그런 생각에 페테르부르크에 가려고 했으면서⋯⋯. 게다가 여기서 벌써 누구에겐가 당신 생각을 떠벌린 거지?"

"술에 취해서 리푸틴하고 몇 마디 나눈 것밖에 없어요. 놈은 배반자예요. 난 놈에게 흉금을 다 털어놓았건만⋯⋯."

"흉금을 터놓는 걸 막을 사람은 아무도 없지. 하지만 바보 같은 짓을 했군. 설사 그런 생각이 있었다 하더라도 머릿속에만 가둬뒀어야지."

"니콜라이 프세볼로도비치!" 레뱌드킨은 몸을 벌벌 떨며 말했다. "당신은 개인적으로 아무 데고 가담 안 하셨으니……. 나는 결코 당신은……."

"젖줄을 밀고할 수 없다는 건 내가 잘 알지."

"니콜라이 프세볼로도비치, 제발 제 말 좀 들어보세요. 제발 좀." 절망에 빠진 대위는 눈물을 흘리며 지난 4년간의 일을 주저리주저리 늘어놓기 시작했다. 주색에 빠져 지내다가 자기와는 아무 상관 없는 일에 그 중대성도 모르는 채 말려들게 되었다는 신세타령이었다. 그는 페테르부르크에 있을 때 자신이 대학생이 아니었음에도 불구하고, 그저 선량한 대학생으로서의 우정 같은 것으로 그 일에 빠져들었다고 말했다. 그는 자신이 무슨 짓을 하는지 영문도 모르는 채 전단지들을 계단에 뿌려대고 문 옆에 놓았으며, 신문 사이에 쑤셔 넣기도 했고 공원에 던져 놓기도 했다고 말했다. 그리고 그놈의 생활비 때문에 돈을 받게 되었다는 것이었다.

그가 소리쳤다.

"저는 혼란스러웠습니다. 무엇보다 그 내용이 조국에, 그리고 법에 위배되었기 때문입니다. 느닷없이 '쇠갈퀴를 들고 나와라! 아침에 가난했던 사람이 저녁에는 부자가 될 수 있다!' 뭐, 이런 소리들이 인쇄된 종이들이었으니! '한시라도 빨리 교회를 폐쇄하라! 신을 없애라! 결혼 제도를 폐지하라! 상속법을 폐지하라! 손에 칼을 들어라!' 뭐 이런 것들이었으니! 전, 정말 아무것도 모르는 채…… 그런데 표트르가 또 이런 일을 시키겠다고 합니다…… 벌써 오래전부터 시키는 대로 하라고 위협을 하고 있습니다."

니콜라이는 레뱌드킨의 고백을 제법 심각하게 듣더니 그에게 말했다.

"음, 내가 모르던 것도 있었군…… 하긴 당신 같은 사람에게는 별일이 다 생길 수 있는 거지. 자, 잘 들어요. 그들에게 가서 말해요. 다 리푸틴이 꾸며낸 이야기일 뿐이라고…… 당신이 밀고하겠다고 협박하려던 사람은 오로지 나, 스타브로긴뿐이었다고. 나를 협박해서 돈을 좀 뜯어내려던 것뿐이었다고…… 알아들었소?"

"니콜라이 프세볼로도비치, 정말 제가 그런 위험에 노출되어 있는 건가요? 당신에게 그 질문을 하려고 눈이 빠지게 당신을 기다린 겁니다."

니콜라이는 대답 대신 미소를 지었다.

"확실한 건, 내가 당신에게 돈을 준다 하더라도 그들은 당신이 페테르부르크로 가도록 내버려두지 않을 것이라는 사실이오. 그나저나 마리야에게 가볼 때가 되었군.”

니콜라이는 마리야의 방문을 열고 안으로 들어갔다. 니콜라이의 모습이 보이지 않게 되자 레뱌드킨은 열심히 머리를 굴리기 시작했다.

'흥, 결혼을 공표한다고? 무슨 말도 안 되는 소리를! 하긴 남에게 피해만 주는 저런 놈들이 뭔 짓인들 못 하겠어? 어쨌든 일요일에 있었던 일 때문에 겁이 난 거야. 내가 결혼한 사실을 폭로할까봐 겁이 난 거야. 공표 좋아하시네. 레뱌드킨, 겁낼 거 하나도 없어! 저놈이 표트르 이야기를 꺼내서 나를 겁주려 했지? 사실 그건 좀 무서워. 제길, 왜, 리푸틴에게 주둥이를 놀렸지? 그 '악령들'이 무슨 작당을 하고 있는지 도통 모르겠단 말이야. 5년 전처럼 활동을 개시하려는 모양이지? 사실 내가 무슨 밀고를 할 수 있겠어? 내가 그들을 밀고하러 페테르부르크로 간다고? 웃기는 놈. 페테르부르크로 갔으면 좋겠다는 꿈을 꾸어봤을 뿐인데. 아예 나보고 그곳에 가라고 등을 떠미는 셈이로군. 아무튼, 레뱌드킨! 정신 똑바로 차려야 해!'

마리야가 쓰고 있는 방은 대위의 방보다 두 배 정도 넓었다. 하지만 그의 방과 마찬가지로 조잡한 가구들뿐이었다. 마리야는 일요일에 바르바라의 집에서 입었던 원피스를 그대로 입고 있었으며 머리카락 등 매무새도 그때와 똑같았고 분칠과 연지곤지를 덕지덕지 바르고 있는 것도 똑같았다.

니콜라이의 모습을 보자 마리야는 겁을 잔뜩 집어먹은 표정으로 그에게 손을 내밀며 말했다.

"안녕하세요, 왕자님."

"나를 못 알아보겠소?" 니콜라이는 자리에 앉으며 말했다.

"아, 꿈을 꾸었어요. 아주 고약한 꿈이었어요. 그런데 당신, 왜 온 거지요?"

"듣기로는 내가 오기 전에 오빠와 아주 힘든 생활을 했다고 하던데……."

"누가 그런 소리를 했지요? 말도 안 돼요. 난 지금 더 불행한데……. 내가 나쁜 꿈을 꾼 건 당신이 왔기 때문이에요. 왜 온 거예요? 제발 말해줘요."

"하지만 다시 수녀원에 들어가고 싶은 건 아니겠지?"

"맙소사! 또 그런 소리 할 줄 알았지. 수녀원에서 별별 꼴을 다 봤는데……. 내가 왜 거길 다시 들어가? 뭣 하러? 지금 난 혼자인데! 세 번째 삶을 시작하기엔 너무 늦었는데!"

"왜 이렇게 화가 나 있는 거요? 설마 내가 당신을 이제 사랑하지 않을까봐 겁내고 있는 거요?"

"당신에 대해서는 조금도 걱정하지 않아요. 다만 내가 누군가를 사랑할 수 없을까봐 두려울 뿐이에요."

그녀는 비웃듯이 크게 웃었다. 그녀의 표정이 좀 전과는 달라졌다. 마치 꿈을 꾸는 것 같기도 했고 정신이 나간 것 같기도 했다. 그녀는 마치 혼잣말을 하듯 중얼거렸다.

"내가 그이에게 큰 잘못을 저지른 게 틀림없어요. 그런데 뭘 잘못했는지 모르겠어요. 그래서 너무 괴로웠던 거예요. 5년 내내 기도를 하면서 내가 무슨 잘못을 했나 생각했어요. 그런데 그게 사실이었던 게 드러난 거예요."

"뭐가 사실이었다는 거요?"

"나는 그가 잘못한 게 아닌지 두려웠어요." 그녀는 그의 질문을 듣지도 못한 듯 계속했다. "그는 그런 유의 인간들과 어울리면 안 되는 분이었어요." 이어서 그녀는 밑도 끝도 없는 이야기를 했다. "백작 부인은 나를 마차 안에서 자기 옆에 앉혔지만 나를 정말로 잡아먹을 거예요."

그러더니 그녀는 니콜라이를 유심히 쳐다보기 시작했다.

"당신도 고개를 돌리고 저를 봐주세요."

"나는 이미 오래전부터 당신을 보고 있었소."

"살이 좀 찌셨군요."

그녀는 뭔가 더 말을 하려 했다. 그런데 갑자기 소스라치게 놀라더니 손을 들어 올리면서 몸을 뒤로 뺐다.

"아니, 왜 그러는 거요?"

하지만 마리야의 놀람은 순식간에 지나갔다. 그리고 미심쩍다는 듯한 미소로 그녀의 입술이 일그러졌다.

"왕자님, 제발 일어나세요. 어서 들어오세요."

"뭐요? 들어오라니?"

"아, 5년 동안 나는 그가 어떻게 들어올까 하는 모습만 그려 왔어요. 자, 어서 일어나서 문 뒤로 가세요. 나는 아무것도 기다리지 않는 것처럼 앉아 있을게요. 손에 책을 들고 있을게요. 그러면 당신이 5년 만에 갑자기 나타나는 거예요. 나는 그 광경을 보고 싶어요."

"자, 이제 그만!" 니콜라이가 탁자를 내리치며 외쳤다. "마리야, 제발 내 얘기를 들어봐요. 당신 완전히 정신이 나간 건 아니잖아! 내일 결혼을 공표할 거야. 나와 평생 함께하고 싶어? 여기서 멀리 떨어져서? 우리는 스위스의 산중에서 함께 살게 될 거야. 난 당신을 버리지도 않고 요양 병원에 보내지도 않을 거야. 구걸하지 않고 살 만한 돈은 충분히 있어. 당신은 당신 마음대로 뭐든지 할 수 있어. 그런 식으로 나를 저주하거나 눈물을 흘릴 필요도 없어요."

그녀는 그의 말을 듣더니 꽤 오랫동안 생각에 잠겼다. 이윽고 그녀가 말했다.

"절대로 안 갈 거예요."

"나하고 가는데도?"

"아니, 당신이 누군데 내가 당신과 간다는 거예요? 40년 동안을 저 사람과 그 높은 산에서? 흥, 나를 속여넘기려고! 어휴, 참을성도 대단해! 안 돼! 매가 부엉이로 변할 수는 없어. 저 사람은 내 왕자님이 아니야!" 그녀는 오만하게 고개를 쳐들었다.

"아니, 나를 왜 왕자님이라고 부르는 거요? 내가 누구라고 생각하는 거요?"

"뭐요? 당신은 왕자님이 아니에요?"

"난 왕자가 아니오."

"그래, 맙소사! 네가 왕자님을 죽였어! 네놈이 그분을 죽였지! 어서 자백해!"

니콜라이는 놀라서 벌떡 일어나 뒤로 물러나며 외쳤다.

"나를 누구라고 생각하는 거야?" 그는 사납게 얼굴을 찡그렸지만 마리야는 조금도 겁을 먹지 않았다. 그녀는 의기양양하게 외쳤다.

"네가 누군지, 어디서 튀어나온 놈인지 누가 알 수 있을까? 오직 내 가슴만이, 내 가슴만이 이 모든 음모를 예감했을 뿐이야! 나는 '웬 눈먼 올빼미가 내게 와서 알랑거리지?' 하며 이곳에 5년 동안 앉아 있었어. 그래, 너는 형편없는 배우야! 레뱌드킨보다 더 나빠! 백작 부인에게 내 안부를 전하고 좀 더 나은 놈을 보내라고 해. 그 여자가 너를 고용했나? 그 집 주방 보조로 일하고 있나? 네놈 속이 빤히 들여다보여! 정말 왕자님을 닮았네. 이 부엉이야! 오직 내 님만이 진짜 매이고 진짜 왕자님이야! 넌 샤투쉬카에게 따귀를 맞았지. 내 하인 놈이 이야기해줬어. 네가 나를 부축해주었지? 꼭 온몸에 벌레가 기어 다니는 것 같았어. 돈을 엄청 받았겠지? 하지만 나는 어림없어. 나는 한 푼도 안 줄 거야."

"으, 이런 천치!" 니콜라이는 그녀의 팔을 꽉 잡은 채 이를 갈 수밖에 없었다.

"어서 꺼지지 못해, 이 사기꾼아! 나는 내 왕자님의 아내야! 난 네 칼 따위는 무섭지 않아!"

그는 도망치듯 그 방에서 뛰쳐나왔다. 그녀가 뒤뚱거리며 그의 뒤를 쫓아왔지만 금세 레뱌드킨이 그녀를 붙잡았다. 그녀는 그의 등 뒤에 대고 "그리쉬카 오트-레피-이예프! 저주나-바-아-다라!"라고 고함을 질렀다.

밖으로 나온 니콜라이는 이루 말할 수 없는 분노에 사로잡혀 되는 대로 성큼성큼 진창을 걸었다. 이따금 미친 듯 큰 소리로 웃고 싶어졌지만 그는 참았다. 좀 전에 페디카와 마주친 다리까지 와서야 겨우 정신이 들었다. 그도 모르는 사이, 어느새 페디카가 그의 옆에 찰싹 달라붙어 걷고 있었다. 그는 놈의 옷깃을 거머쥐고 속에 쌓인 분노를 한껏 담아 그를 다리 위로 내동댕이쳤다. 놈은 니콜라이에게 대항할 생각도 하지 않았다.

니콜라이는 놈을 내버려둔 채 계속 길을 걸었다. 페디카는 툭툭 털고 일어나더니 니콜라이에게 바싹 붙어 뒤를 따라왔다.

니콜라이가 그에게 말을 걸었다.

"최근에 네가 이곳 교회를 털려 했다는데 사실이냐?"

"아, 처음에야 기도하려고 들렀을 뿐입지요. 주님께서 저를 거기까지 인도하셨으니……."

그의 말투는 비굴했던 아까와는 달리 차분하고 정중했다. 아니, 심지어 거드름을 피우는 것 같기도 했다.

"문지기도 죽였지?"

"아니, 말하자면 그 친구와 함께 그 일을 한 거지요. 아침에 물건들을 놓고 그 친구와 흥정을 하다가 그만……. 죄를 지었지만, 그의 저승길을 좀 가볍게 해준 거지요."

"계속 훔치고 죽이고 하지 그래?"

"표트르와 똑같은 충고를 해주시네. 레뱌드킨 집에서 나오는 길이시지요? 그 친구가 필리포프의 집에서 살 때, 밤새 문을 열어놓고 있는 걸 본 적이 있습지요. 놈은 고주망태가 되어 자빠져 자고 있었고, 호주머니에서 나온 돈들이 여기저기 뒹굴고 있었고……. 이 두 눈으로 똑똑히 봤습죠."

"뭐야? 네 두 눈으로? 그럼 그 집에 들어갔었단 말인가?"

"뭐, 그렇다고 할 수 있지요. 쥐도 새도 모르게……."

"왜 죽이지 않았지?"

"아, 계산을 좀 해본 거지요. 조금만 기다리면 1,500루블을 손에 넣을 수 있는데 왜 150루블에 욕심을 내겠습니까? 레뱌드킨 말입니다, 나리를 굉장히 소중하게 생각하고 있던데요. 술에 취해서 온 술집마다 떠벌리고 다니지요. 그래서 저도 나리께 희망을 품게 된 겁니다. 제가 이렇게 나리를 친형제처럼, 어버이처럼 여기고 있는 줄은 표트르는 물론이고 그 누구도 모를 겁니다요. 그러니 각하, 3루블만 적선해주십쇼."

니콜라이는 껄껄 웃음을 터뜨리더니 호주머니에서 지갑을 꺼냈다. 지갑에는 50루블 정도의 지폐가 들어 있었다. 그는 지폐 뭉치를 꺼내어 한 장, 한 장씩 그에게 던져주었다. 지폐는 여기저기로 마구 흩어졌다. 페디카는 "어이쿠! 어이쿠!" 하면서 돈을 주웠다.

니콜라이는 지폐 뭉치를 통째로 바람에 흩날린 후 껄껄 웃음을 그치지 않은 채 골목을 따라 걷기 시작했다. 거리에는 아무도 없었고, 뒤로는, 웅덩이 속에 빠진 돈들을 찾으며 "어이쿠! 어이쿠!" 하는 페디카의 외침이 계속 들려왔다.

제3장 결투

1

　다음 날 오후 2시에 예정대로 결투가 벌어졌다. 사실 가가노 프에게는 결투를 신청할 직접적인 구실이 없었다. 그는 그의 아버지가 당한 모욕에 대해 병적인 증오심을 지니고 있었지만, 아무리 그렇더라도 그것을 구실로 결투를 신청하기에는 스스로도 부끄러웠다. 그는 작전을 세웠다. 무례하기 짝이 없는 편지로 니콜라이를 도발하기로 작정했던 것이다. 그러자 그의 예상과는 달리 니콜라이가 선선히 결투를 먼저 신청했고, 그는 거의 발광할 정도로 기뻤다. 그는 자기 쪽 결투 입회인으로서 학창 시절부터 친구였던 마브리키 니콜라예비치 드로즈도프를 확보해두었다.

여기서 잠깐 아르테미 파블로비치 가가노프에 대해 간단히 소개해야겠다. 서른세 살의 그는 키가 컸으며 하얀 피부에 이른바 '영양 상태가 좋아' 기름기가 잘잘 흐르는 인물이었고 얼굴은 미남형이었다. 그는 대령으로 제대했지만, 만일 제대하지 않았다면 아주 유능한 장군이 됐을 만한 인물이었다.

그가 제대를 하게 된 것은 4년 전 클럽에서 그의 아버지가 니콜라이에게 당한 모욕 때문이었다. 그런 모욕을 당한 사람의 아들이 버젓이 군 생활을 한다는 것은 동료들의 얼굴에 먹칠을 하는 일이라고 그는 생각했다. 지나는 김에 그는 1861년 2월 19일에 있었던 농노해방 선언 때도 전역을 생각했었다는 것도 지적하기로 하자. 그에게는 그 선언이 마치 개인적인 모욕으로 여겨졌던 것이다.

결투가 벌어지기 전에 니콜라이 측 입회인인 키릴로프와 가가노프 측 입회인인 마브리키가 화해를 제안했고 니콜라이도 그 어떤 사과를 요구해도 응할 용의가 있다고 했지만, 가가노프는 막무가내였다. 게다가 그는 결투를 모두 세 번 하자고 우겼다. 결국 그의 주장대로 모두 세 번에 걸쳐 결투를 실시하기로 합의를 보았다.

드디어 결투가 벌어졌다. "하나, 둘, 셋" 하는 키릴로프의 구호에 따라 두 사람은 총을 든 채 발사선을 향해 다가갔다. 두 발사선 사이의 거리는 10보였다. 가가노프가 겨냥을 한 후 총을 발사했다. 니콜라이도 총을 발사했다. 하지만 그는 겨냥을 하지 않은 채 허공을 향해 총을 발사했다. 잠시 후 니콜라이는 손수건을 꺼내 손가락을 동여맸다. 가가노프의 총알이 손가락을 스쳐서 상처를 낸 것이었다.

가가노프가 화가 나서 마브리키에게 말했다.

"저 사람은 또 나를 모욕했소! 일부러 허공에 총을 발사했단 말이오!"

"나는 규칙에 따라 내가 원하는 곳에 총을 발사했을 뿐입니다." 니콜라이가 단호한 목소리로 말했다.

둘은 다시 맞붙었다. 가가노프는 또 빗맞혔고 니콜라이는 또다시 허공을 향해 총을 발사했다. 세 번째로 맞붙었을 때 니콜라이는 아예 권총 든 손을 아래로 떨어뜨리고 있었다. 가가노프는 겨냥을 했다. 하지만 정확한 조준을 하기에는 그의 두 손이 너무 떨리고 있었다. 이윽고 그가 발사했다. 이번에는 니콜라이의 모자가 날아가버렸다. 조금만 조준점이 내려갔더라면 모든 것이 끝장났을 것이다. 니콜라이는 남은 한 발을 숲을 향해 발사한 뒤 말을 향해 걸어갔다.

니콜라이는 키릴로프와 함께 나란히 말을 타고 오면서 그에게 낮은 목소리로 말했다.

"난, 그 바보 녀석을 모욕하고 싶지 않았는데……. 또다시 모욕하고 말았군."

"그래요, 또다시 모욕했지요."

"난 다만 죽이고 싶지 않았을 뿐이에요."

"그래도 모욕을 해서는 안 되지요."

"그렇다면 어떻게 했어야 한다는 말이오?"

"그를 죽였어야 하지요."

"내가 그를 죽이지 않아 섭섭한가요?"

"난 아무것도 섭섭하지 않아요. 나는 당신이 그를 죽이려는 줄 알았어요. 당신은 당신이 뭘 찾는지도 모르고 있어요."

"무거운 짐을 찾고 있지요." 니콜라이가 미소 지으며 말했다.

이윽고 그들은 니콜라이의 집에 도착했고 그곳에서 둘은 헤어졌다.

2

니콜라이가 집으로 들어가 보니 어머니 바르바라는 산책을 나가고 없었다. 다샤는 몸이 안 좋다며 집에 머물러 있었다.

그가 방으로 들어가자 잠시 후 다리야 파블로브나가 그의 방에 나타났다. 그가 돌아오기를 기다리고 있었던 것 같았다. 그녀가 들어오자 니콜라이가 말했다.

"다샤, 난 오래전부터 당신과의 관계를 끊고 싶었는데……. 잠시만이라도……. 최소한 지금만이라도……. 당신이 만나자는 편지를 보냈지만 어젯밤에 당신을 만날 수 없었소. 답장도 못 했고……."

"저도 끊어야 한다고 생각했어요. 어머니께서 우리 관계를 의심하고 계세요."

"그거야 어머니 좋으실 대로……."

"어머니를 불안하게 해드리면 안 돼요. 그렇다면 이제 끝이 온 건가요?"

"당신은 끝을 줄곧 기다려왔소?"

"네, 언젠가는 오리라고 생각했어요."

"이 세상에 끝나는 것은 없소."

"이 일에는 끝이 있을 거예요. 그러면 저를 부르세요. 제가 올 테니……. 자, 이제 그만……."

"어떤 게 끝이라는 거요?" 니콜라이가 웃으며 물었다.

"아, 다치진 않았군요. 설마 피를 보게 한 건 아니지요?" 그녀는 그의 질문에는 대답도 않고 말했다.

"어리석은 짓이었지. 아무도 죽이지 않았으니 걱정 말아요."

"이제 갈게요. 오늘 결혼에 대해 공표할 거 아닌가요?" 그녀가 주저하면서 덧붙여 말했다.

"오늘도, 내일도…… 없을 거요……. 모르겠어……. 우리가 모두 죽어버릴지도……. 차라리 그랬으면……. 아, 좀 쉬어야겠소. 피곤해."

"당신, 또 다른 사람을…… 그 미친 여자를 파멸시키려는 건 아니지요?"

"그런 일은 없어! 정신 나간 여자를 파멸시킬 일은 없어! 내가 파멸시키려는 사람은 정신이 똑바르고 현명한 여자지! 나는 비겁하고 사악한 놈이니까! 다샤, 당신 말대로 끝이 오면 나는 당신을 부르겠지. 그럼 현명한 당신은 내게로 오겠지. 왜 당신은 스스로 그런 파멸의 길로 나서는 거요?"

"결국 당신 곁에 나만 남으리라는 것을 알기에……. 나는 그

때를 기다리고 있어요."

"만일 내가 당신을 부르지 않는다면? 내가 도망간다면?"

"그건 불가능해요. 당신은 나를 부를 거예요."

"그 말속에는 나에 대한 경멸이 들어 있는 것 같군."

"경멸만 들어 있는 게 아니라는 걸 당신은 알 텐데요."

"어쨌든 경멸이 담겨 있다는 말이로군."

"그런 뜻이 아니었어요. 하느님이 증인이 되어주실 거예요. 나는 당신이 나를 필요로 하는 순간이 오지 않기를 간절히 원해요."

"그 말에 대해 보답을 해야겠군. 나 역시 당신을 내가 파멸시키지 않기를 바라오."

"당신은 나를 결코 파멸시킬 수 없어요. 당신이 그 누구보다 잘 알 거예요. 만일 당신 곁에 있을 필요가 없다면 자선 간호 단체에서 환자들을 돌보거나 복음서를 팔러 다닐 거예요……. 당신, 다 알잖아요."

"아니, 난 모르겠어. 아무것도 모르겠어. 요즘 계속 환영이 보여. 어제 다리 위에서 어느 악마가 내게 살인을 제안했어. 레뱌드킨과 마리야를 죽여주겠다는 거야. 내 결혼 문제를 싹 덮어버리겠다고……. 착수금으로 3루블을 요구하면서 1,500루블을 받아야 한다고 분명히 말했어. 하하, 계산에 능한 악마야!"

"물론 환영(幻影)이었겠지요?"

"아니야! 절대 환영이 아니야! 탈옥한 죄수 페디카야! 난 놈에게 지갑의 돈을 몽땅 내주었어. 놈은 내가 착수금을 준 걸로 알 거야!"

다샤는 그의 손을 잡았다.

"부디 하느님이 당신을 악마로부터 보호해주시길……. 언제고 나를 부르세요……. 가능한 한 빨리!"

그녀는 밖으로 나가기 위해 문을 향해 몸을 돌렸다. 그녀의 등에 대고 그가 외쳤다.

"이봐요! 한마디만……. 그래, 내가 페디카와 결탁하고, 그런 후 당신을 불러도…… 그래도 당신은 오겠소?"

그녀는 두 손으로 얼굴을 가린 채 뒤도 돌아보지도 않고 밖으로 나갔다. 니콜라이는 잠시 생각에 잠겼다가 중얼거렸다.

"그래, 그런 후에도 올 거야! 간호부라! 으흠……. 그래, 내게는 그런 게 필요할지도 몰라."

제4장 모두들 무언가 기다리며

1

결투에 관한 소문은 삽시간에 사방으로 쫙 퍼졌다. 모두들 니콜라이를 옹호했다. 우리 도시의 유력 인사들이 모두 나서서 그런 여론 형성에 영향을 미쳤음은 물론이다. 사람들은 니콜라이가 사람들 앞에 나타나 뭔가 한마디 해주길 기대했다. 하지만 니콜라이는 입을 열지 않았고, 바로 그 점이 사람들을 더 열광시켰다.

샤토프가 그의 얼굴을 때렸는데도 뒷짐을 지고 있었던 일에 대해서는 한 점잖은 장군의 한마디 말로 해결되었다. 어떻게 대학생에게, 그것도 이전에 농노였던 자에게 보복을 할 수 있느냐고 명쾌한 결론을 내렸던 것이다. 니콜라이는 모욕을 당한 사람이 아니라, 그 모욕 자체를 경멸하는 사람, 더 나아가 그 모욕에 대해 이러쿵저러쿵 말이 많은 사교계까지도 점잖게 경멸하는 고결한 사람으로 격상되었다. 게다가 그 와중에 니콜라이가 K백작의 딸들 중 한 명과 약혼했다는 소문까지 퍼졌다. 그러자 스위스에서 있었다는 리자와의 이상한 관계에 대해서는 아무도 한마디 하지 않게 되었다. 그녀가 그날 기절한 것은 샤토프의 추악한 행동에 놀랐기 때문이라고 아주 분명하게 해명되었다. 이전에 환상적인 색채를 가하려고 애쓰던 그 사건이 이제는 평범하기 그지없는 산문적인 사건이 되었다. 그리고 어떤 절름발이 여자에 대해서 사람들은 아무런 의문도 갖지 않았고, 그런 시시콜콜한 일을 입에 담는 것조차 부끄러워했다. 사람들은 이렇게 중얼거렸다.

"아니, 절름발이가 백 명인들 대수인가? 누구에게나 혈기 왕성한 젊은 시절은 있기 마련 아닌가?"

사람들은 니콜라이가 어머니를 얼마나 공경하는지 열심히 그 본보기를 찾아내기에 혈안이 되었고 그가 독일에서 4년간 쌓은 학식에 대해서도 잔뜩 부풀려서 떠벌렸다. 그리고 그의 결투 상대자인 아르테미 파블로비치의 행동은 더없이 졸렬한 행동이었다고 이구동성으로 말했다.

한마디로 니콜라이는 만사가 순조로웠고 인기 절정에 이르렀다. 니콜라이는 홀로 있고 싶었지만 사교계에 드나들 수밖에 없었다. 시골에서는 일단 사교계에 한 발을 들여놓은 이상, 절대로 빠져나갈 수 없는 법이다. 니콜라이는 전과 마찬가지로 행동거지를 조심했고 예의범절을 잘 지켰다. 하지만 그의 표정은 별로 즐겁지 않았다. 그러자 사람들은 "고통을 많이 참아온 사람이야"라든가 "다른 사람들과는 달라. 생각이 많은 사람이야"라고 수군거렸다. 심지어 4년 전 우리 도시에서 그토록 많은 적을 만들어냈던 그의 오만함, 교만함도 사람들의 찬탄의 대상이 되었다.

바르바라는 의기양양했다. 나로서는 리자에 대해 가졌던 그녀의 꿈이 사라져버린 것에 대해 그녀가 가슴 아파했는지 아닌지 말하기 어렵다. 한 가지 이상한 것은 니콜라이가 K백작 댁의 사위로 선택되었다는 소문을 그녀가 철석같이 믿고 있었다는 사실이다. 그녀가 감히 니콜라이에게 직접적으로 묻지 못하고 넌지시 왜 모든 것을 털어놓지 않느냐고 힐난조로 말한 적이 서너 번 있었지만, 그는 빙긋이 미소만 지을 뿐이었다. 침묵은 동의로 받아들여졌다. 그럼에도 불구하고 절름발이 여자에 대한 생각은 묵직한 돌덩이처럼 그녀를 짓누르고 있었다. 한 가지만 덧붙이자. 그녀는 그사이 지사 부인 율리야 미하일로브나와도 아주 가깝게 지내게 되었다.

그러던 어느 날이었다. 표트르가 바르바라를 찾아와서 느닷없이 말했다.

"부인, 영감과 화해하셔야 합니다. 너무 절망하고 있어요. 영감을 완전히 추방하신 셈이에요. 어제 부인의 마차를 보고 영감이 인사를 하자 고개를 돌리셨지요? 아시겠지만 우리는 영감을 앞에 내세울 수 있어요. 제게 생각이 있습니다. 분명 영감이 도움이 될 겁니다."

그녀가 주저하면서 말했다.

"그렇지 않아도 율리야가, 축제에서 그가 작품을 낭송했으면 하던데……." 지사 부인 율리야는 여성 가정교사들을 위한 모금을 위한다는 구실로 성대한 축제를 구상하고 있었고, 그에 대해 바르바라와도 상의했다. 축제에 대한 이야기는 나중에 자세히 하기로 하자.

표트르가 바르바라의 말에 답했다.

"제가 말하는 건 그것만이 아니에요. 오늘 제가 영감 집에 갈

겁니다. 부인께서 만나고 싶어 하신다고 전해도 될까요?"

"좋을 대로 해. 하지만, 약속을 정하지는 말아. 날짜는 내가 정해서 알려주겠다고 꼭 이야기해줘."

표트르는 싱글거리는 낯으로 그녀 집에서 나왔다. 내가 기억하는 한 그는 당시 별로 기분이 좋지 않았으며 누구에게든 참을성 없는 막말을 일삼았다. 그럼에도 불구하고 사람들이 그를 너그럽게 봐주고 있는 것은 이상한 일이었다. 사람들 사이에는 그를 다른 사람과 같은 잣대로 판단해서는 안 된다는 여론이 형성되어 있었던 것이다. 한 가지 지적할 점은 그가 니콜라이의 결투에 대해 극심한 적의를 품었다는 사실이다. 그는 그 일이 있었음을 뒤늦게 알게 되었는데, 어찌 된 일인지 새파랗게 질리기까지 했다.

바르바라의 집을 나선 그는 곧장 스테판에게 달려갔다. 사실 그는 내심으로 그 노인에게 복수하고 싶은 마음까지 있었다. 지난 목요일 그 노인과 만났을 때 노인은 말다툼 끝에 지팡이를 휘두르며 표트르를 집에서 쫓아냈었다. 스테판은 그 사실을 내게 숨겼었다. 그런데 표트르가 오만방자한 미소를 띠고 집 안으로 들어오자 스테판은 내게 떠나지 말라는 신호를 보냈다. 그 결과 나는 그들의 대화를 몽땅 들을 수 있었고, 그들의 진정한 관계가 어떤 것인지 분명히 알게 되었다.

물론 그들이 나눈 대화를 여기에 모두 옮기지는 않으련다. 다만, 그들의 관계가 어떤 것인지 보여줄 수 있는 대화만 생생하게 재현할 작정이다.

스테판은 간이침대에 앉아 있었다. 안으로 들어선 표트르는 거리낌 없이 양반다리를 하고 아버지 옆에 앉았다. 아버지를 불편하게 만들지 않겠다는 약간의 배려만 있었더라도 그렇게 편하게 넓은 자리를 차지하지는 않았으리라. 말없이 위엄 있게 앉아 있는 스테판에게 표트르가 용건을 설명했다. 스테판은 지나칠 정도로 충격을 받았으며 놀라움과 분노가 그의 표정에 나타났다.

"그래, 그 율리야가 나보고 자기 집에 와서 낭독을 해달라는 거냐?"

"뭐, 그 사람들에게 영감이 필요한 건 아니고요. 영감에게 애정을 베푸는 거지요. 바르바라 페트로브나에게 아첨도 할 겸……. 그녀가 영감에게 전하라고 했어요. 영감, 감히 거절 못할걸요. 내 생각엔 오히려 직접 나서서 기회를 달라고 할 것 같은데……." 그는 계속 싱글거렸다. "당신 같은 영감탱이들은 전부 지독하게 이기적이잖아요. 뭐, 그렇게 따분한 표정 지을 거

악령 I

250

없어요. 스페인 역사를 쓰고 있다죠? 사흘 전에 내게 보여줘요. 내가 훑어보지요, 뭐. 다들 꾸벅꾸벅 졸면 안 되니까."

분명히 미리 준비해둔 독설임이 분명했다.

"아니, 그녀가…… 그녀가 그런 말을 전하라고 했단 말이냐? 그것도 너를 통해서?" 스테판의 얼굴이 하얗게 질렸다.

"그래요. 부인이 직접 날짜를 정하겠다고 했어요. 뭐, 둘이 늘 그런 식으로 웃기는 짓을 해왔잖아요. 하지만 이번엔 좀 달라요. '이제 모든 게 다 훤히 보인다'고 수시로 말한다니까요. 나는 부인에게 당신들의 우정이라는 건 서로 구정물을 끼얹은 것과 같은 짓이라고 아주 분명하게 설명해줬죠. 부인도 내게 많은 이야기를 해주었고……. 체, 영감은 그동안 머슴 노릇이나 해온 거라고요! 영감 때문에 얼마나 창피했는지!"

"내가 머슴 노릇을 했다고?"

"그보다 더하지요. 영감은 기생충 노릇을 한 거예요! 말하자면 자발적으로 머슴 노릇을 한 거랄까. 그나저나 영감이 부인에게 보낸 편지들을 보고 얼마나 배꼽을 잡았는지……."

"아니, 그녀가 네게 편지들을 보여줬단 말이냐?"

"그럼요. 하지만 어휴, 그걸 어떻게 다 봐요? 2,000통도 넘는 걸." 이어서 그는 스테판에게 돈 때문에 그녀에게 매달린 것 아니냐, 하지만 부인은 그 때문에 화가 나 있는 게 아니다, 20년 동안 자신을 속여온 것에 화가 나 있는 것이다, 라고 몰아붙이더니 다음과 같이 덧붙였다.

"난 어제 부인에게 영감을 양로원에 보내라고 충고해주었어요. 진정해요. 아주 안락한 곳이니 그렇게 화낼 것 없어요. 부인이 아마 그대로 할 거예요. 영감이 3주 전에 내게 보낸 편지 기억나요?"

"그녀에게 그 편지를 보여줬다고?"

"아, 당연하지요. 그보다 중요한 일이 어디 있나요? 그녀가 영감을 착취하고 있다, 그녀가 영감의 재주를 질투하고 있다, 뭐 이런 걸 썼지요? 거기다 '타인의 죄' 어쩌고저쩌고하는 이야기도 썼고. 정말 얼마나 재미있는 편지인지……. 웃다가 배꼽이 빠지는 줄 알았네."

나는 더 이상 그들의 대화를 옮기고 싶지 않다. 표트르는 자기가 영감의 아들이건 아니건 영감에게는 상관없는 것 아니냐, 자기가 열여섯 살이 될 때까지 자기란 놈이 세상이 있는지도 모르고 지냈던 사람 아니냐, 라고 큰소리를 치면서 자리에서 일어났다. 그러자 사색이 다 된 스테판이 손을 아들의 머리 위로 들어 올리며 "이놈, 내, 네놈을 저주하겠다!"라고 외쳤다.

"어이쿠, 어쩌면 이렇게 멍청할 수가 있지?" 표트르는 놀란 시늉을 하며 말했다. "그럼, 잘 계슈! 영감 집에 다시는 오지 않을 테니……. 원고 미리 보내는 거, 잊지 마슈. 될 수 있으면 헛소리는 다 빼고……. 무엇보다 사실, 사실, 사실을……. 무엇보다 짧게……. 그럼, 잘 계슈."

2

표트르가 아버지 스테판을 그렇게 심할 정도로 함부로 대한 것은 나름 속셈이 있어서였다. 내가 보기에 그는 아버지를 절망에 빠뜨려, 그 어떤 스캔들에 휘말리게 하려는 계산을 하고 있었다. 그렇게 함으로써 자신이 계획하고 있는 목표를 위해 아버지를 희생시킬 심산이었다. 하지만 그 속셈이 어떤 것인가에 대해서는 나중에 이야기하게 될 것이다. 한편 그에게는 자신의 목표를 달성하기 위해 염두에 두고 있는 희생자가 한 명 더 있었다. 나중에 밝혀진 바대로 그의 희생자 수가 적지 않았지만 그가 특별히 중시하고 있던 사람은 바로 우리 현의 지사 안드레이 안토노비치 폰 렘브케였다.

그는 러시아에 거주하고 있는 몇십만 명의 독일인 중 한 명이었다. 러시아의 독일인들은 그 자체로 하나의 거대하고 엄격한 조직을 이루고 있었다. 렘브케는 비록 출신이 미천했지만 부자의 자제들만 다닐 수 있는 귀족학교에서 교육을 받는 행운을 누릴 수 있었다.

그는 어렸을 때부터 시에 흥미를 가졌고 학교를 졸업한 후에는 연극에도 약간의 재능을 보였으며 소설도 썼다. 그리고 어느 정도 출세도 했다. 그는 미남이었지만 연이 닿지 않아서인지 나이가 차도록 결혼은 하지 못했다.

그가 서른여덟 살이 되었을 때, 그의 숙부가 그에게 1만 3,000루블의 유산을 남겨주었다. 그는 아마 결혼을 하지 못했더라도, 자신이 맡고 있는 일과 약간의 예술적 재능과 재산에 만족하며 평생을 살아갔을 것이다. 그때 느닷없이 율리야 미하일로브나가 나타났다. 벌써 마흔을 넘긴 그녀는 렘브케의 잘생긴 얼굴, 특히 그가 보낸 시에 반했다. 그녀는 농노해방 전으로 셈하자면 200명의 농노를 거느린 부자였으며 상류사회에 연줄이 두루 닿아 있었다. 렘브케는 그녀와 결혼한 뒤 이른바 앞길이 탁 트였다. 그는 높은 관직을 얻었고, 훈장도 받았으며, 얼마 안 있어 우리 현의 지사로 임명되었다.

우리 현으로 오기 전에 율리야는 공들여 남편을 자기 뜻대로 가다듬었다. 그녀가 보기에 남편은 가능성 있는 인물이었다. 그는 사교계에서 처신도 잘할 수 있었고, 남들의 이야기를 들을 줄도 알았고, 깊은 침묵에 잠길 줄도 알았으며, 점잖게 행동할 줄도 알았다. 게다가 필요한 경우에는 일장 연설도 할 수 있었으며 단편적인 사상 조각들도 습득하고 있어, 오늘날 관리들에게는 필수불가결한 자유주의의 광택을 겉에 바를 수 있었다.

하지만 율리야는 남편에게 기백과 주도력이 없는 것이 불안했다. 그녀가 보기에 그는 여기까지 너무 정신없이 달려왔다고 느끼고 안정과 휴식만을 원하고 있는 것 같았다. 그녀는 남편에게 자신의 야망을 불어넣어 주고 싶었지만 그는 자신의 취미에만 점점 더 몰두하는 것 같았다. 그녀는 소설 쓰는 것을 제외하고는 그의 모든 취미 생활을 금지시켰다. 물론 소설도 남들 몰래 쓴다는 조건하에서 허락했다.

어쨌든 부임 후 두어 달은 그럭저럭 잘 흘러갔다. 렘브케도 지사로서의 업무를 수행하는 데 별로 어려움을 느끼지 않았다. 그런데 표트르 스테파노비치의 출현과 함께 모든 것이 변해버렸다.

우선 표트르가 처음부터 안드레이 렘브케를 조금도 존중하지 않았고 이상할 정도로 그에게 무례했다. 그런데 남편의 위엄에 대해 그토록 민감했던 율리야가 그 사실을 직시하려고도 하지 않았고 그다지 중요하게 생각하지도 않았다. 표트르는 그녀의 '총애'를 한 몸에 받고 그 집에서 마음대로 먹고 마셨으며 심지어 잠까지 잤다. 안드레이는 사람들 앞에서 위신을 세우기 위해 마치 그의 후원자인 양 그의 어깨를 툭 치며 "이보게, 젊은이!"라고 말하곤 했지만 아무런 소용이 없었다. 표트르는 그가 아무리 진지한 이야기를 건네도 줄곧 조롱기 섞인 미소를 보냈을 뿐이었다.

사실 자신의 약점을 내보이는 큰 실수를 먼저 범한 것은 렘브케였다. 그가 표트르와 알게 된 지 얼마 되지 않아, 그는 표트르를 시적 열정을 가진 젊은이로 착각하고 자신이 소설을 쓴다고 그에게 말한 것이다. 언제나 자신의 소설에 귀를 기울이는 청중을 꿈꿔온 그는 표트르 앞에서 자기 작품의 두 장(章)을 읽어주었다. 그가 낭송을 하는 동안 표트르는 따분하다는 듯 하품을 했고, 다 읽고 난 다음에도 작가에게 칭찬 한마디 하지 않았다. 그런데 낭송이 끝나자 표트르는 자신에게 원고를 달라고 했다. 집에 가서 찬찬히 읽어보고 생각을 정리해보겠다는 것이었다. 이후 그는 매일 그 집에 들르면서도 원고를 돌려주지 않왔고, 결국 원고를 받은 바로 그날 길에서 그것을 잃어버렸다고 거의 선언하듯 말했다.

나중에 그 사실을 알게 된 율리야는 대뜸 남편에게 화를 냈다. 어떻게 그런 창피한 꼴을 그에게 보였느냐는 것이었다. 사실, 건강에 해롭다며 매사를 좋게 생각하고 지내라는 의사의 충고에도 불구하고 렘브케에게는 걱정거리가 많았다. 우선 행정관으로서 그를 사로잡고 있는 골치 아픈 문제가 있었다. 하지만 그 문제가 어떤 것인지는 나중에 저절로 밝혀지게 될 것이다. 게다가 사적인 일로도 그는 가슴이 아팠다. 그는 율리야와 결혼하면서 자기 가정에 무슨 불화 같은 것이 찾아오리라고는 꿈에도 생각해본 적이 없었다. 그런데 그는 자기 가정에 도저히 자기가 감당하기 어려운 폭풍우가 닥쳐오고 있음을 느끼기 시작한 것이다.

표트르의 행동에 대해 화를 낸 후 율리야는 마치 결론처럼 그에게 말했다.

"그런 일로 화를 내면 안 돼요. 당신은 그 사람보다 몇 배나 생각이 깊고 사회적 지위도 훨씬 높잖아요. 그 젊은이에게는 아직 급진주의 혁명가들의 흔적이 남아 있는 게 사실이에요. 하지만 내가 보기에 그의 행동거지는 그냥 가벼운 장난일 뿐이에요. 그리고 갑자기 그를 고치려 들면 안 돼요. 차근차근 해야해요. 우리는 젊은이들을 따뜻한 마음으로 대해야 해요. 난 그들을 정겹게 다독여주면서 나락으로 빠지는 걸 막아주고 있는거예요."

"하지만 젠장, 도무지 알아먹을 수 없는 소리를 지껄인다니까. 그놈은 사람들과 내가 있는 데서, 정부가 민중을 바보로 만들어 봉기하는 걸 막으려고 보드카나 잔뜩 처먹인다고 선언하듯 말한단 말이야. 그런 건 도저히 그냥 넘길 수 없어."

그 말을 하면서 렘브케는 표트르와 최근에 나눈 대화를 떠올렸다. 렘브케는 1859년부터 러시아 혁명주의자들이 국내뿐 아니라 해외에서 살포한 선언문들까지 두루 수집해왔다. 단순한 호기심에서가 아니라 정치적으로 흥미가 있었던 것이다. 그는 표트르의 '자유주의 무장'을 해제시키겠다는 생각에 이 선언문들을 그에게 보여주었다. 렘브케의 의중을 간파한 표트르는 그 선언문들의 단 한 줄만으로도 그 어떤 공문서의 내용들 전체보다 큰 의미를 줄 수 있다고 즉시 단언했다. 그리고 "당신의 공문서도 예외가 아니다"라고 점잖게 덧붙였다.

렘브케의 얼굴이 일그러졌다.

"하지만 그러기엔 우리는 아직 성숙하지 못했어. 너무 시기상조야." 그는 선언문들을 가리키며 거의 간청하는 듯한 목소리로 말했다.

"아니, 절대로 시기상조가 아닙니다. 당신이 그렇게 겁을 내는 걸 봐도 알 수 있잖아요."

"아니, 교회를 파괴하자는 게 온당하다는 건가?"

"왜 안 되지요? 당신이야 지식인이니까 신앙이 없겠지요. 하지만 민중의 눈을 멀게 하려면 신앙이 필요하다는 걸 당신은 누구보다 잘 알고 있지요. 우리는 거짓보다 진실을 존중해야 합니다."

"그래, 인정하지. 인정해요. 나도 자네 의견에 동의해. 하지만 우리나라에서는 아직 일러." 지사는 이마를 찌푸리며 대답했다.

"당신과 나 사이에 단순히 시기에 대한 견해 차이만 있다 이거군요. 준비만 된다면 교회에 불을 지르고 몽둥이를 든 채 페테르부르크로 달려갈 용의가 되어 있다는 거로군요. 그러고도 당신이 정부의 관리라고 할 수 있습니까?"

그토록 허술한 덫에 자신이 걸린 것을 알자 렘브케는 자존심이 심하게 상했다.

그가 기운을 내서 말했다.

"그게 아니라, 그런 뜻으로 한 말이 아니라……. 자네가 아직 젊어서, 우리들의 목표가 뭔지 몰라서 잘못 생각하고 있다는 거야. 자, 나를 정부 관리라고 했지? 맞다고 치지. 하지만 우리의 임무가 어떤 건지 알고는 있는 건가? 우리에게는 책임이 있어요. 우리도 자네만큼 공익을 위해 일하는 거라고. 단지 우리는 자네들이 흔들어놓으려는 것을 누르고 있다는 게 다를 뿐이야. 우리가 없다면 모든 게 흩어질 거요. 우리는 자네의 적이 아니야. 우리도 자네에게 이렇게 말하고 있는 거야. 전진하자! 낡아빠진 건 모두 흔들자! 개혁의 대상이 될 만한 것들은 모두 흔들자! 하지만 필요한 경우에 우리는 자네들을 어느 한계선 속에 붙잡아둘 거야. 우리가 없다면 자네들은 러시아를 온통 뒤집어놓을 테니까. 영국에도 휘그당과 토리당은 서로서로를 필요로 하고 있어. 자유당과 보수당은 공존해야 한다는 뜻이지. 우리는 토리당이고 자네들은 휘그당인 셈이야."

탄력을 받은 렘브케는 권력의 필요성에 대해 한참 동안 일장 연설을 늘어놓았다. 그러자 표트르가 "하지만 어쨌든 당신들이 우리에게 길을 터주고 있고, 우리의 성공을 준비해주고 있는 셈이지요"라고 알쏭달쏭한 말을 했다. 렘브케는 시원하게 일장 연설을 늘어놓고도 기분이 썩 좋지 않았다. 게다가 그가 율리야에게 표트르와 나눈 대화를 전해주자 그녀는 다음과 같은 말로 그의 속을 뒤집어놓았다.

"자, 여기 차분히 앉아서 좀 진정해요. 그 사람은 아주 뛰어난 사람이라는 추천장을 받은 사람이에요. 능력도 있고 머리도 아주 좋아요. 카르마지노프는 그가 연줄이 안 닿아 있는 데가 없고 수도(首都)의 젊은이들에게 절대적인 영향력이 있다고 확실하게 말했어요. 그 젊은이들을 모두 내 주변에 모이게 할 수 있다면 나는 그들을 파멸에서 구해낼 거예요. 그들의 야심이 향할 새로운 길을 보여줄 거예요. 그가 얼마나 내 이야기에 귀를 기울이는지 알아요? 그러니 제발 표트르 베르호벤스키 때문에 속상해하지 말아요. 그가 실제로 무슨 음모 같은 데 가담했다면 당신 앞에서 그런 식으로 말하겠어요? 호언장담하는 사람은 위험하지 않은 법이에요. 내가 장담하지요. 만일 무슨 일인가 터진다면 그 전에 그가 제일 먼저 내게 말해줄 거예요. 내게 얼마나 헌신적인데……."

하지만 미리 일러둘 것이 있다. 율리야의 정치적 야심과 주제넘은 자만심이 없었다면 이 고약한 자들은 우리 고장에서 그런 짓거리를 벌이지 못했을 것이다. 어떤 면에서 그녀는 이 일에 아주 큰 책임이 있다.

제5장 축제를 앞두고

율리야는 우리 현의 여교사들을 위한다는 명목의 축제를 계획하고 있었다. 하지만 축제는 벌써 여러 번에 걸쳐 연기되었다. 축제를 준비하는 그녀 주변에는 표트르 외에도 그녀가 음악적 재능을 높이 산 말단 관리 럄신이라는 자와 리푸틴이 쉴 새 없이 얼쩡거리고 있었다. 율리야는 리푸틴을 그녀가 발간할 계획인 독립 신문의 편집장으로 내정해두고 있었다. 그 외에 많은 부인들과 처녀들도 그녀 주변을 맴돌았고, 저명한 소설가 카르마지노프도 예외가 아니었다. 카르마지노프는 다른 사람들처럼 자주 그녀 집에 드나들지는 않았지만 축제 1부의 문학 낭송에서는 물론이고 2부의 '문학 카드리유' 프로그램에서도 사람들을 놀라게 하겠다고 유쾌한 표정으로 호언장담했다. 그는 2부 프로그램을 직접 기획했다. 그 외에 수많은 내로라하는 사람들이 행사 참여자로 서명을 했고 기부금을 냈다. 축제 날짜가 자꾸 연기된 것은 서명과 기부자가 늘어남에 따라 무언가 의미 있는 큰 행사를 하자는 유혹이 자꾸 커졌기 때문이었다.

그날 저녁 무도회를 어디서 열 것인가는 아직 결정되지 않았다. 이날을 위해서 큰 집을 내놓겠다는 어느 귀족 원수(元帥)의 집에서 열 것인지 아니면 스크보레쉬니키의 바르바라의 집에서 열 것인지를 두고 사람들은 설왕설래했다. 바르바라의 집은 좀 외진 곳이긴 했지만 몇몇 준비 위원회 사람들은 그곳이 좀 더 '자유로울 것'이라고 스크보레쉬니키를 고집했으며 바르바라도 내심 자기 집으로 결정되길 바라고 있었다.

우리의 이야기를 계속하기 전에 당시 우리 고장의 정신 상태랄까, 분위기에 대해서 한마디 해야만 하겠다. 당시 이곳 사람들의 정신은 한마디로 이상한 상태라고 할 수밖에 없었다. 사교계는 일종의 경박함이 지배하고 있었고 이상하리만치 방탕함이 퍼져나가고 있었으며 전에는 상상도 못 하던 해괴망측한 짓을 저지르는 자들도 많았다. 그리고 당시 모든 새로운 분위기의 중심은 바로 율리야의 내실이었기에 그녀를 비난하는 목소리도 일부 있었다. 하지만 우리 현의 분위기가 한층 밝아지고 즐거워졌다며 율리야를 칭찬하는 분위기가 주류를 이루고 있었다. 그런 분위기에서 그녀 주변에 모여 있던 젊은이들은 온갖 장난질을 계속했고 아주 종종 도를 넘어선 방종한 짓을 저지르기도 했다. 우연히 도박판에 끼어들었다 돈을 잃고 난처해진 어느 젊은 장교의 부인을 욕보인 일, 신혼부부가 결혼 다음 날 마을 사람들에게 인사를 하러 다니자, 일군의 젊은이들이 말을 탄 채 그들 뒤를 따라다니며 놀려댄 일 등, 차마 자세히 이야기하기 부끄러운 짓들이었다.

그런 장난질에 폰 렘브케는 화가 날 수밖에 없었고, 때로는 율리야도 버럭 화를 내며 그런 짓을 저지른 젊은이들을 더 이상 집에 들이지 않겠다고 마음먹기도 했다. 하지만 표트르가 옆에서 부추기고 카르마지노프도 몇 마디로 표트르를 거드는 바람에 그녀는 곧바로 그들을 용서해주었다. 카르마지노프는 그녀에게 "그건 이 지방의 풍습과 어울리는 거지요. 아주 특색이 있고…… 대담해요. 다들 즐거워하는데 부인만 화를 내고 있군요"라고 말했다.

그런 어수선한 분위기 가운데, 바르바라가 줄곧 미뤄왔던 그녀와 스테판의 역사적인 재회가 이루어졌다. 재회가 이루어진 곳은 바로 스크보레쉬니키의 그녀 집이었다. 전말은 이렇다.

결국 축제는 귀족 원수의 집에서 열리기로 최종 결정이 났다. 바르바라는 약간 실망했지만 재빨리 머리를 굴렸다. 사실 무슨 이유에서인지 그녀는 몰라볼 정도로 달라져 있었다. 스테판의 표현대로 누구도 감히 범접할 수 없는 '고귀한 부인'이었던 그녀가 마치 흔해빠진 사교계 여자로 변한 것 같았다.

'그래, 그 축제가 끝난 후 내 집에서 또 다른 축제를 여는 거야. 다시 도시 사람들을 불러 모으는 거야. 아무도 방해하지 않을 거야. 그러면 사람들은 두 집 중 어느 집이 더 훌륭한지, 누가 더 훌륭한 무도회를 개최할 줄 아는지 알게 될 거야.'

그 생각이 들자 그녀는 충실한 하인 알렉세이 예고로비치와 노련한 장식 전문가인 포무쉬카와 함께 집 안의 방들을 둘러보기 시작했다. 그리고 그들과 가구와 장식, 그날 마련할 음식들에 대해 상의했다. 바로 그 순간, 스테판에게 마차를 보내 그를 불러오자는 생각이 말 그대로 불현듯 그녀의 뇌리를 스쳤던 것이다.

스테판은 이미 오래전부터 그의 오랜 친구가 자신을 부를 것이라 기대하고 매일매일 학수고대하고 있었다. 그는 마차에 오르면서 성호를 그었다. 자신의 운명이 결정되려는 순간이었던 것이다.

그는 바르바라가 커다란 방에 앉아 있는 것을 발견했다. 그녀는 작은 소파에 앉은 채 손에 펜과 수첩을 들고 있었다. 포무쉬카는 창문과 합창대의 높이를 측정하고 있었고 그녀는 그가 불러주는 수치를 수첩에 적고 있었다. 그녀는 일을 멈추지 않은 채 스테판에게 고개만 까딱했다. 이윽고 그가 인사말을 우물거리자 그녀는 그에게 손을 내민 후 고개도 돌리지 않은 채 앉으라고 의자를 가리켰다.

"나는 두근거리는 가슴을 억누르며 5분 동안 앉아 있었다네." 뒷날 그가 들려준 말이었다. "내 앞에는 내가 20년 전부터 알고 있던 여자와는 전혀 다른 여자가 있었던 거야. 모든 것은 끝이 있게 마련이라는 내 신념이 힘을 얻는 순간이었지. 물론 그녀도 놀라면서 같은 걸 확인할 수 있었을 거야. 그녀도 나의 근엄한 모습에 놀랐다고 확실히 말할 수 있어."

바르바라는 갑자기 펜을 탁자 위에 놓더니 방문객을 향해 몸을 돌렸다.

"스테판 트로피모비치, 상의할 일이 있어요. 당신은 아마 온갖 화려한 미사여구를 준비해왔겠지요. 하지만 곧장 본론으로 들어가는 게 나을 거예요. 안 그래요?"

그는 어딘가 마음이 불편했다. 이런 식으로 대화를 시작한다는 것은 분명 좋은 징조가 아니었다. 그가 입을 열려 하자 그녀가 막았다.

"잠깐, 입 다물어요. 내가 말을 할 수 있게 해줘요. 그다음에 뭐든 말해봐요. 사실, 당신이 내게 무슨 대답할 말이 있겠어요?" 그녀는 그가 입을 열 틈도 주지 않고 재빨리 말했다. "나는 당신이 살아 있는 동안 매년 1,200루블씩 주는 것을 신성한 의무로 생각하고 있어요. 아니, '신성한 의무'라는 건 잘못된 표현이에요. 단지 당신과 그런 계약을 한 것일 뿐이지요. 그게 훨씬 사실에 가깝지 않아요? 원한다면 우리 계약서를 쓰지요. 내가 죽을 때를 대비해서 특별 조치를 다 취해놨어요. 그런데 그 연금 외에도 당신은 집과 하인과 모든 생활비를 별도로 받고 있지요? 그걸 환산하면 1,500루블은 될 거예요. 그리고 예기치 못한 경우에 대비해서 300루블을 따로 마련해놓고 있으니, 다 합치면 꼭 3,000루블인 셈이네요. 그 정도면 충분하지 않은가요? 내가 보기에는 넉넉해요. 그러니 그 돈으로 페테르부르크건 모스크바건, 아니면 어디 외국이건 떠나서 살아요. 당신이 원한다면 여기 있어도 되지만 우리 집은 절대로 안 돼요. 알겠어요?"

"얼마 전에도 그렇게 강압적인, 그리고 돌발적인 요구가 같은 입을 통해 내게 전해진 적이 있었지요." 스테판이 구슬픈 목소리로 천천히, 그러나 또박또박 말했다. "나는 굴복했지요……. 심지어 당신 마음에 들려고 카자크 춤을 추기도 했고……." 이어서 그는 프랑스어로 말했다. "비유를 해도 괜찮겠지요? 그래요, 마치 자기 무덤 위에서 춤을 추는 카자크인 같았어요."

"그만해요. 왜 그렇게 끔찍할 정도로 말이 많은 거예요. 뭐, 춤을 췄다고요? 잔뜩 차려입고 향수까지 뿌린 채 왔으면서……. 내 장담하지만 결혼하고 싶어 안달이었지요. 얼굴에 훤하게 쓰여 있던데요. 그런 추잡한 이야기를 써 보내면서도 결혼은 하고 싶었던 거 아녜요? 이제는 그런 건 아무 상관 없는 일이 되어버렸지만……. 아니, 뭐 무덤 위에서 카자크 춤을 춘다고요? 도대체 왜 그따위 비유를……. 어쨌든 죽지 말고 살아요. 될 수 있는 한 오래 살아요. 그래야 내 마음이 기쁠 테니……. 어쨌든 이게 다예요. 이미 말한 대로 우리는 이제 완전히 갈라서는 거예요."

"아니, 이게 다라고! 20년 세월이 우리 사이에 남긴 게 이게 전부란 말이오?"

"어휴, 툭하면 감탄사를 내지르기는. 이봐요, 스테판 트로피모비치, 이제 그런 건 한물간 거예요. 요즘은 좀 거칠긴 해도 단순하게들 말해요. 매번 그놈의 20년 타령이나 하고 있다니! 그 20년? 자존심이나 내세운 20년일 뿐 그 이상 아무것도 아니에요. 당신이 내게 보낸 편지들? 그건 나를 위한 게 아니라 후손들을 위한 거였죠? 당신은 스타일리스트일 뿐 친구가 아니에요. 우정? 서로 구정물을 끼얹는 짓을 곱게 포장한 단어일 뿐이에요."

그녀의 말을 듣고 스테판이 큰 소리로 외쳤다.

"맙소사! 남이 한 말을 그대로 되풀이하다니! 아주 마음 깊이 새겨두셨군! 놈들이 당신에게까지 놈들 제복을 입혀놓았군! 오, 친애하는 그대여! 그깟 콩죽 한 접시에 당신의 자유를 팔아버리다니!"

"난 남의 말이나 따라 하는 앵무새가 아니에요. 어쨌든 그동안 당신이 내게 해준 게 뭐 있죠? 당신이 내게 읽으라고 권해준 책들이 도대체 어떤 거였지요? 그저, 엉성한 책들만 권하고……. 내게 지식이 쌓이는 게 걱정돼서 그따위 짓이나 하고……. 하긴 당신도 엉성한 문학 비평가에 불과할 뿐이지. 언제나 헛소리나 꾸며대고, 내가 진지한 질문을 하면 귀담아듣지도 않고……. 대단한 미학자처럼 말하지만 부질없는 말만 늘어놓을 뿐이라고요. 외국에서 돌아온 후 당신이 그렇게 예찬했던 「시스티나 마돈나」에 대해 이젠 아무도 열광하지 않아요. 다 케케묵은 거라고요."

스테판은 묘하게 일그러진 웃음을 흘렸다. 그러나 그녀는 그가 그러건 말건 계속 쏘아붙였다.

"당신, 내게 자선을 베풀라고 말한 적이 있지요? 하지만 적선은 악덕이에요. 자비를 베풀면서 느끼는 쾌감은 오만함에서 오는 거예요. 남에게 자선을 베풀면서 무능한 상대방과 자신을 비교하고 우월감을 느끼는 거지요. 그리고 일하기 싫어하는 게으름뱅이들이 그 주변에 모여드는 거고요. 현대 사회에서 적선은 법으로 금지해야 해요. 새로운 체제하에서는 가난한 사람이라고는 존재하지 않을 테니까요."

"오, 남에게서 들은 말을 마구 쏟아놓다니! 아니, 당신이 새로운 체제를 꿈꾸는 지경에까지 이르렀다는 겁니까? 오, 불행한 여인이여! 하늘이 당신을 돌봐주시길!"

"그래요, 거기까지 갔어요. 당신은 모든 사람들이 다 알고 있는 새로운 사상들을 아주 애써서 내게 감추었어요. 내가 그런 걸 알게 될까봐 질투심에서 그런 거지요. 내 위에 군림하려

고……. 하물며 저 율리야까지도 나보다 저만큼 앞서 있는 판
에……. 나도 이제 다 꿰뚫어 보고 있어요. 나는 할 수 있는 데
까지 당신을 옹호했어요. 하지만 스테판 트로피모비치, 모든 사
람들이 당신을 비웃었어요."

마침내 스테판이 자리에서 일어나며 외쳤다.

"그만해요! 제발 그만! 도대체 내가 당신에게 어떻게 해달라
는 거요? 참회라도 하라는 거요?"

"잠깐 앉아요. 당신에게 물어볼 게 또 있어요. 문학 낭독회에
초대받았다는 이야기는 들었을 거예요. 그래, 그날 뭘 낭독할
거예요?"

"당신이 한물갔다고 한, 인류의 이상 「시스티나 마돈나」에
대해 이야기할 거요."

"역사에 대한 낭독이 아니고요?" 바르바라는 깜짝 놀라 되물
었다. "아무도 당신 이야기에 귀를 기울이지 않을걸요. 정말 마
돈나에 푹 빠졌네. 아니, 사람들 꾸벅꾸벅 졸게 만드는 게 당신
취미인가요? 자, 잘 들어요. 모두 당신을 위해 말하는 거예요.
왜 스페인 중세 역사 중에서 재미있는 일화를 이야기하지 않겠
다는 거예요? 거기다 당신이 알고 있는 다른 일화들을 곁들이
면 되잖아요. 카르마지노프도 스페인 역사에서는 얼마든지 재

미있는 이야깃거리를 찾을 수 있다고 했어요.”

“카르마지노프! 그 속이 텅 빈 멍청이가 나를 위해 내 주제까지 찾아주시는군!”

“카르마지노프는 거의 국가적 차원의 지성인이에요! 그렇게 함부로 말하면 안 돼요!”

“오, 당신이 그런 낡아빠진 자의 노예가 되다니!”

“나는 그날 당신이 사람들에게 소금과 같은 존재가 되길 원해서 하는 소리라고요. 당신은, 자신이 지금까지 지켜왔던 이념들이 얼마나 추악한 것인지 제대로 평가할 수 있는 인물이 되어야 해요.”

“오, 바르바라! 제발 내게 그런 부탁일랑 하지 말아요. 나는 절대로 받아들일 수 없으니! 난 마돈나에 대해 낭독할 거요! 모두에게 폭풍우를 일으키거나, 나 혼자 희생자가 되거나 둘 중 하나겠지!”

“보나마나 두 번째 꼴이 되겠지요.”

“좋아요, 내 운명이 그렇게 되어 있다면! 나는 우선, 평등이니, 질투니, 소화니 하는 이름으로 그 성스러운 얼굴을 찢는 그 방탕한 머슴 놈을 질타할 거요. 그때는, 그때는……”

“정신병원행이겠지요?”

"아마도. 하지만 승리자가 되건 패배자가 되건 바로 그날로 나는 내 배낭, 동냥 배낭을 들고 떠날 것이오. 내가 가진 모든 것, 당신이 준 선물과 당신이 약속한 연금과 재산을 남겨두고 걸어서 떠날 것이오. 어느 상인 집에서 가정교사로 생을 마감하든지, 어느 담장 밑에서 굶어 죽든지……. 내 분명히 말하겠소. 오, 'Alea jacta est(운명의 주사위는 던져졌도다)!'"

그는 다시 자리에서 일어났다. 그러자 바르바라도 눈을 반짝이며 일어나더니 말했다.

"내 그럴 줄 알았지! 결국 당신이 내 집을 욕되게 하리라는 것을 잘 알고 있었다고요! 도대체 상인 집에서 가정교사로 죽겠다느니, 담장 밑에서 굶어 죽겠다느니, 그런 말을 왜 하는 거예요? 나에 대한 심술과 중상모략, 그게 아니고 뭐예요?"

"당신은 늘 나를 무시해왔소. 하지만 나는 끝까지 '자신의 여인'에게 충실한 기사로서 생을 마감할 거요. 내게는 그 누구의 존경보다 당신의 존경이 늘 소중했으니까. 이제부터 아무것도 받아들이지 않겠소. 당신을 향한 내 숭배에는 아무런 사심과 욕심이 들어 있지 않을 것이오."

"정말 바보같이 이럴 거예요?"

"당신은 날 항상 존경하지 않았소. 실제로 나는 허약함 자체일 수도 있고. 그래요, 난 당신을 갉아먹고 있었소. 하지만 나는 우리 사이에는 아직 손대지 않은 뭔가 고귀한 게 남아 있다고 생각해왔소. 난 절대로, 절대로 비열했던 적은 없소! 그렇소. 나는 내 잘못을 바로잡기 위해 떠나야만 하오! 너무 늦은 거요. 이미 가을이 무르익었고 평원에 안개가 펼쳐지고 있소. 서리가 길을 덮고 있고 이제 곧 입을 벌릴 무덤 위로 바람이 불어오고 있소. 하지만 길을, 길을 떠나야만 하오.

순수한 사랑으로 충만해서
감미로운 꿈을 소중히 간직한 채…….

오, 내 꿈이여, 안녕! 오, 20년이여! Alea jacta est!"

갑자기 눈물이 솟구쳐 그의 얼굴에 흘러넘쳤다. 그는 모자를 집어 들었다.

"나는 라틴어를 몰라요." 바르바라는 애써 자신을 진정시키며 말했다. 그녀 역시 울고 싶었는지 누가 알겠는가. 하지만 변덕과 분노가 다시 한번 감동을 눌러 이겼다.

"내가 아는 건 단 한 가지, 이 모든 게 유치한 장난질이라는 것뿐이에요. 당신은 당신의 그 못난 이기주의에서 나온 협박을 실행할 위인이 절대로 못 돼요. 그 어디로도 못 갈 것이고, 내 연금을 받으면서 어중이떠중이들하고 어울려 살다가 아주 평온하게 내 품에서 생을 마감할 거예요. 그럼, 잘 가요, 스테판 트로피모비치."

"Alea jacta est!" 그는 그녀에게 허리를 깊이 숙여 인사한 후 거의 초주검이 되어 집으로 돌아왔다.

(제2부는 『악령 Ⅱ』에서 이어집니다.)

악령 I

생각하는 힘: 진형준 교수의 세계문학컬렉션 47

펴낸날	초판 1쇄 2020년 7월 6일

지은이	**표도르 도스토예프스키**
옮긴이	**진형준**
펴낸이	**심만수**
펴낸곳	**(주)살림출판사**
출판등록	**1989년 11월 1일 제9-210호**

주소	**경기도 파주시 광인사길 30**
전화	**031-955-1350** 팩스 **031-624-1356**
홈페이지	**http://www.sallimbooks.com**
이메일	**book@sallimbooks.com**

ISBN	978-89-522-4223-5 04800
	978-89-522-3986-0 04800 (세트)

이 도서의 국립중앙도서관 출판시도서목록(CIP)은 서지정보유통지원시스템 홈페이지
(http://seoji.nl.go.kr)와 국가자료공동목록시스템(http://www.nl.go.kr/kolisnet)에서
이용하실 수 있습니다.(CIP제어번호: CIP2020025037)

책임편집 **박규민**